Sei dankbar für die Stolpersteine!
Sie helfen dir weiter.

Frieda Küng

Sei dankbar für die Stolpersteine!

Sie helfen dir weiter.

Bibliografische Information der Deutschen Nationalbibliothek
Die Deutsche Nationalbibliothek verzeichnet diese Publikation in der Deutschen Nationalbibliografie; detaillierte bibliografische Daten sind im Internet über http://dnb.dnb.de abrufbar.

© 2014 Frieda Küng
Satz, Umschlaggestaltung, Herstellung und Verlag: BoD – Books on Demand
ISBN 978-3-7357-0238-8

Inhalt

Ein Traum	7
Blumen bringen Leben, Freude und Kraft	10
Die wunderbare Wandlung	22
Schon wieder eine Diät	29
Verzeih mir, Mama!	34
Mit dem Herzen hören	38
Traue deinem Leben!	43
Geräuschlos glitt der Nachtzug durch die Halle	49
Das Kind als Schmetterling	60
Das Kind mit dem Namen Maiglocke	66
Die drei Lausbuben mit dem bösen Stock	74
Abschied vom Schneemann	79

Ein Traum

Ich war noch immer etwas grippig. Trotzdem ging ich meiner Arbeit nach. Ich musste ja, da ich nicht ernst genommen wurde. Das Nicht-ernst-genommen-Werden war noch schlimmer als die Grippe. Die Blutwerte waren ja nicht erhöht. Aber meine Nase lief dauernd. Es war richtig unangenehm. Ich hatte Angst, die anderen mit meinem Niessen anzustecken. Als ich am Abend nach Hause kam, war ich richtig erschöpft. Vor allem war ich im Kopf überaus müde. Ich wollte noch etwas lesen. Über die Schule des Schreibens wollte ich lesen, die Vorbereitung für die Anmeldung.

Aber der Schweiss quoll mir aus allen Poren und rann nur so an mir herunter. So legte ich mich ins Bett. Ich konnte aber nicht einschlafen.

Schon lange wünschte ich mir etwas Schönes und Festliches zum Anziehen. Da schaute ich mir den Cornelia-Katalog an. Die Sachen waren so teuer. Die Karte füllte ich aus. Aber ich hatte nicht den Mut, das schöne Sommerkleid zu bestellen.

Schon musste ich mich wieder umziehen. Da nahm ich eine halbe Schlaftablette, die mir der Arzt vor langer Zeit einmal verschrieben hatte. Ich musste ja wieder fit sein am anderen Tag. Endlich konnte ich einschlafen.

Ich träumte. Eine überaus grosse Kuh kam auf mich zu. Ich fürchtete mich sehr und wollte fliehen. Aber die Kuh holte mich ein. Zitternd hielt ich der Kuh meine Hand hin. Diese Geste kannte ich noch von meiner Kindheit her. Doch meine Hand genügte der Kuh nicht. Sie wollte mich ganz haben, mich auffressen. Mit aller Kraft und mit Tricks versuchte ich mich zu befreien. Bei dieser Anstrengung und Angst erwachte ich. Sicher schrie ich um Hilfe.

Ich war wieder in Schweiss gebadet. Selbst die Haare waren

ganz nass. Schnell schlüpfte ich in ein neues Pyjama. Dabei schlotterte ich. Noch immer beschlich mich der Traum. Vor allem hatte ich Angst. Was wollte mir der Traum sagen? Hatte ich Angst vor der Schule? Werde ich es nicht schaffen? War es die Grippe, die mir Angst machte? Noch immer fühlte ich mich so erschöpft und krank.

Im Traum sei alles ich selber, hatte ich einmal gelernt. Also war ich die Kuh. Vielleicht wollte ich die ganze Schule mit Verlangen lernen. Oder ich gab meine Hand und wurde aufgefressen.

Sehr wahrscheinlich war es die Grippe, die mir so zusetzte. Nur schwer konnte ich meine Träume deuten und einordnen. Ich wusste nicht, was der Traum mir sagen wollte, auch nach einigen Tagen nicht. Das Wärmeverhältnis pendelte sich noch nicht ein. Schweissausbrüche folgten bei der kleinsten Anstrengung und gleich wieder ein Kältegefühl. Schon gut einen Monat verbrachte ich meine freien Tage im Bett statt mit einer Beschäftigung. Der Pflegeberuf war für meinen Körper einfach zu streng. Dazu kam der dauernde Stress. Mir schienen die Anforderungen mit jedem Tag grösser zu werden.

An einem freien Tag dachte ich wieder über den Traum nach. Alles bist du selber im Traum. *Ich bin eine Kuh.* Bei diesem Gedanken musste ich wirklich lachen. Ich fühlte mich gleich etwas besser. Also war ich eine schwarzweisse Kuh, die das Schreiben lernen wollte und den Lehrstoff verschlang. Dieser Gedanke gefiel mir sehr gut. Negatives dachte ich schon genug und brachte mich auf den nackten Boden. Wer stellte mich jeweils wieder auf? Ich musste mich immer selber durchs Leben kämpfen. Viel Leid, Beschämung, Niederlagen und Schmerzen einstecken. Immer vorwärts schauen. Etwas versuchen und wagen. Das tat ich immer, trotz allem.

Natürlich getraute ich meine Idee noch niemandem anzuvertrauen. Im Laufe meines Lebens hatte ich gelernt, vorsichtig zu sein. Die Idee war für mich noch so neu und lebendig. Klugerweise wollte ich die Idee noch etwas für mich bewahren.

Seit diesem Traum sind jetzt gut dreizehn Jahre vergangen. Ich habe nichts geschrieben. Jetzt will und muss ich es anpacken. Dazu stehle ich mir jeden Augenblick. Ich glaube, es macht mich glücklich.

Blumen bringen Leben, Freude und Kraft

Herr und Frau Beckert leben in einem abgelegenen Dorf. Sie haben zusammen eine Bäckerei. Frau Beckert arbeitet im Laden und verkauft Brote, Weggli, Gipfeli und vieles mehr. Torten und Patisserie können die Leute in diesem Dorf sonst nirgends kaufen, denn es gibt nur diese Bäckerei. Auch eine grosse Käserei hat es im Dorf, eine Metzgerei und ein Geschäft mit den üblichen Nahrungsmitteln. So gibt es eigentlich keine Konkurrenz.

Herr Beckert ist sehr gut im Backen. Er hat auch gute Umgangsformen und ist deshalb sehr beliebt bei den Leuten. Bis am Abend hat er oft zu wenige Brote.

Herr und Frau Beckert wollten viele Jahre keine Kinder. Sie genossen die Unabhängigkeit und wollten noch etwas Freiheit. Ihr Ansehen wuchs immer mehr. Frau Beckert konnte mit den Kunden immer etwas plaudern und erzählen. Sehr oft wurde der ganze Dorftratsch dort ausgetragen.

Plötzlich ändert sich die Situation. Frau Beckert wird schwanger. Die Schwangerschaft bereitet ihr Übelkeit. Oft muss sie den Laden verlassen, weil sie sich übergeben muss.

Das fängt ja gut an, denkt sich Frau Beckert.

Sie freut sich nicht besonders auf das Kind. Herr Beckert hingegen mag den Tag der Geburt kaum erwarten. Er wäre schon lange gerne Vater. Der Tag der Niederkunft rückt immer näher. Frau Beckert geht in die Stadt und kauft einen Stubenwagen für das kleine Kind und sämtliche Babysachen. Es ist ja schon längst an der Zeit. Die werdende Mutter ist bereits im achten Monat. Aber bis jetzt hat sie sich nicht um das Kinderzimmer und die Babysachen gekümmert. Sie hat es immer hinausgeschoben. Die Kunden und das Geschäft sind ihr wichtiger als das Kind. Sie will die Geburt noch nicht für wahr halten.

Schon trägt sie ihr Kind neun Monate in ihrem Leib. Eine Woche ist bereits überschritten. Frau Beckert muss ins Spital. Die Geburt muss eingeleitet werden, damit das Kind lebend die Welt erblicken kann.

«Frau Beckert, atmen Sie tief ein und wieder aus! Pressen Sie beim Ausatmen! Lassen Sie los! Pressen Sie bitte!», sagt die Hebamme.

Frau Beckert stehen Schweissperlen auf dem Gesicht. Ihr Haar wird ganz nass vom Schweiss. Sonst ist der Körper kalt. Ihre Hände verkrampfen sich und werden zur Faust. Frau Beckert kann nicht abschalten. Ihr Herz ist noch in der Bäckerei. Innerlich sträubt sie sich, das Kind in die Welt zu pressen. Ihr Blutdruck fällt zusammen. Für die Hebamme ist es ein Rätsel. Frau Beckert braucht sofort den Arzt. Nur ein Kaiserschnitt kann helfen.

Jetzt muss alles sehr schnell gehen. Es geht um das Leben zweier Menschen. Die Hebamme ist glücklich, als das Mädchen endlich schreit. Es ist ein herrlicher Maimorgen, als Frau Beckert von der Narkose erwacht. Die Hebamme geht ins Zimmer von Frau Beckert mit ihrer Tochter auf den Armen.

«Schauen Sie, Frau Beckert, das ist Ihre Tochter», sagt die Hebamme freudig.

«Danke, ein Bündel Sorgen», entgegnet Frau Beckert.

Die Hebamme schaut Frau Beckert verdutzt an. «Haben Sie keine Freude an Ihrer Tochter?», fragt die Hebamme.

Frau Beckert schaut verlegen auf die Seite. Die Hebamme aber drückt ihr das Kind sanft in die Arme und wartet auf die Reaktion der Mutter. Langsam tastet die Mutter nach ihrem Kind und legt es sich auf den Bauch. Sie spürt ein Ziehen in ihren Brüsten. Sie reicht dem Kind eine Brust. Da geht die Hebamme rücklings ganz leise aus dem Zimmer. Gleichzeitig beobachtet sie die Mutter mit dem Kind. Nach einer Weile schaut die Hebamme wieder ins Zimmer. Ganz vorsichtig öffnet sie die Türe einen Spalt. Behutsam wirft sie einen Blick ins Zimmer. Das Kind trinkt immer noch von der Brust seiner Mutter. Die Mutter hält ihre Tochter liebevoll. Beruhigt schliesst die Hebamme die Türe wieder.

«Kann sie doch noch Ja sagen zum Kind», sagt die Hebamme halblaut vor sich hin.

Frau Beckert erholt sich schnell von der Geburt. Aber sie muss noch lernen, wie sie das Kind waschen, baden, anziehen muss und vieles mehr. Auch vom Schoppengeben und der ganzen Ernährung weiss die junge Mutter recht wenig. Sie muss noch die ganze Säuglingspflege lernen. Darum bleibt sie fast eine Woche länger im Spital. Auch andere Frauen haben ein Kind geboren. Sie haben untereinander guten Kontakt. Frau Beckert lernt viel von ihnen.

Herr Beckert freut sich riesig über die Tochter. Er ist stolz, dass er endlich Vater ist.

«Hoi, Liebes», sagt er zu seiner Frau. «Jetzt sind wir eine Familie. Ich freue mich riesig. Danke, dass du ausgehalten hast», sagt er zur Frau und fährt ihr mit der Hand über das Haar und über die Wangen.

«Es war im Moment einfach so neu für mich. Ich weiss nicht, wie es zuhause geht», erwidert die junge Mutter etwas traurig.

«Ach, Liebes, mach dir keine Sorgen! Es gibt schon eine Lösung. Du bist jetzt in erster Linie Mutter. Was meinst du zum Namen Chahine?», fragt der Vater.

«Mir würde Karin besser gefallen», erwidert die Mutter.

«Du heisst Fabienne, ich Joel. Ja, da passt Karin auch dazu», entgegnet der Vater. Er lächelt und küsst Fabienne. Sie holen Karin aus dem Kinderzimmer und liebkosen die Kleine.

Bald darf der Vater die Mutter zusammen mit Karin nach Hause holen. Es gibt natürlich eine grosse Umstellung. Frau Beckert ist es zu langweilig, den ganzen Tag nur mit ihrer Tochter zu verbringen und daneben zu kochen und zu putzen. Sie will wieder in den Laden und dort Brote, Gipfeli, Weggli und viele gute Sachen verkaufen. Ebenso will sie den Dorftratsch aufrechterhalten. Manchmal nimmt Frau Beckert den Kinderwagen mit Karin in den Laden und stellt den Wagen in eine Ecke.

Aber Karin ist sehr viel allein. Oft weint sie und niemand hört es. Vielmehr als Mama schaut der Papa nach dem Kind. Es tut Papa oft sehr weh, dass sich Mama nicht mehr Zeit nimmt für Karin.

Kaum ist Karin ein Jahr alt, kann sie schon recht gut laufen. Auf allen vieren trappelt sie die Treppe hinunter und sucht Papa und Mama auf. Der Papa freut sich immer riesig, wenn Karin kommt. Doch in der Backstube ist es zu gefährlich. Der Backofen ist heiss. Auch beim Öffnen des Backofens kommt starke Hitze heraus. Nur eine kleine Unachtsamkeit, und das Kind könnte sich verbrennen. So hebt Papa das Kind immer vom Boden auf. Er drückt Karin an sich, liebkost es und sagt liebe Worte zu ihr. Mit der Hand fährt er Karin über das Lockenhaar und streichelt es. Nach dieser Zeremonie stellt er seine Tochter wieder auf den Boden.

«Karin, du musst jetzt wieder gehen! Ich muss Brote herausnehmen. Du darfst später wieder kommen.»

Manchmal dauert es nicht lange, und Karin erscheint schon wieder in der Backstube. Bei der Mutter findet Karin weniger Verständnis.

«Das darfst du nicht berühren! Das ist nichts für dich. Geh wieder in die Wohnung hinauf! Ich habe es nicht gerne, wenn du in den Laden kommst. Du hast ja so viele Spielsachen.»

Papa gefällt die Situation nicht. Er sieht es nicht gerne, dass Karin so viel allein ist. «Jetzt müssen wir ein Kindermädchen suchen», sagt er zu Mama.

«Nein, das finde ich nicht nötig. Karin kann gut etwas allein sein. Sie soll sich nur daran gewöhnen. Ich schaue ja immer wieder nach ihr.»

«Aber es ist nicht gut, wenn das Kind allein ist», sagt Herr Beckert ganz ernsthaft zu seiner Frau. «Jetzt fängt Karin sowieso an, alles herunterzureissen, und sie will überall hinaufsteigen. Ich kann es nicht verantworten, wenn ihr etwas passiert.»

«Ja, gut, für ein paar Stunden am Tag ist es sicher gut», meint die Mama.

«Am liebsten hätte ich jemanden für den ganzen Tag», erwidert Papa.

«Jetzt probieren wir es anfangs stundenweise», entgegnet Frau Beckert beharrend.

Nach zwei Tagen stellt sich ein schulentlassenes Mädchen vor. Sabine heisst das Mädchen. Sie möchte am Vormittag zwei Stunden arbeiten und am Nachmittag drei Stunden. Sonst hilft Sabine ihren Eltern zuhause.

Sabine ist sehr begabt. Sie versteht es, mit den Kleinen umzugehen. Karin macht in ganz kurzer Zeit riesige Fortschritte. Sie liebt Sabine. Es entsteht eine richtige Freundschaft zwischen den beiden. Trotzdem ist Karin noch sehr viel allein. Dadurch wird sie überaus scheu. Nach gut einem Jahr fängt Sabine eine Lehrstelle an. Karin bekommt eine neue Betreuerin.

Obwohl Karin ein sehr artiges Kind ist, hat die neue Betreuerin ständig etwas zu schimpfen. Die Betreuerin hat nicht so viel Geduld und versucht es mit Strenge. Es dauert nur ein paar Wochen, und die Betreuerin will das Kind nicht mehr hüten.

Herr Beckert sucht wieder jemanden. Es meldet sich eine fünfzehnjährige Tochter. Sie hat eine tolle Einstellung und viele Ideen. Die Fünfzehnjährige ist jeden Tag voll begeistert. Sie will nebst dem Heimstudium etwas verdienen und lernen. Sarah, so heisst die angehende junge Frau, bleibt fast drei Jahre bei Karin. Oft nimmt sie Lernstoff mit und verbringt vier bis fünf Stunden bei Karin statt nur zwei. Sarah und Karin haben viel Spass zusammen. Auch Herr und Frau Beckert sind immer beruhigt, wenn Sarah bei Karin ist. Sarah betreut Karin solange, bis Karin in die Spielgruppe gehen darf.

In der Spielgruppe muss Karin zuerst lernen, mit anderen Kindern zusammen zu sein. Vor allem muss sie auch lernen, ihre Schüchternheit zu überwinden. Aber das ist ein langer Prozess. Karin lernt teilen und sich zu äussern, aber alles geht nur langsam voran.

Die Frau in der Spielgruppe ist sehr lieb mit den Kindern. Sie freut sich über jeden Fortschritt und versteht es, die einzelnen Kinder zu fördern. Karin hat es ihr besonders angetan. Die Frau in der Spielgruppe spürt sofort, welche Kinder viel Zuwendung und Liebe bekommen. Ebenso hat sie schnell bemerkt, dass Karin ein unerwünschtes Kind war. Dafür ist nun Karin ihr Liebling. Die Zeit in der Spielgruppe vergeht sehr schnell. Schon werden die Kinder vorbereitet für den Kindergarten.

Karin liebt es, in den Kindergarten zu gehen. Sie freut sich immer darauf. Häufig spielt sie mit ihrer Lieblingspuppe Elisabeth. Sie spricht viel mit Elisabeth. Zwischendurch darf Karin der Kindergärtnerin telefonieren. Sie ist jeweils stolz auf die Gespräche. Auf spielerische Art lernen sie auch rechnen. Vor allem basteln sie sehr viel. Immer wieder bekommt Mama einen selbstgemachten kleinen Gruss. Mama zeigt zwar nicht immer Freude.

«Was soll ich bloss anfangen mit dem? Ich kann doch nicht alles aufstellen», sagt Mama jeweils.

Mama ist immer froh, wenn Karin im Kindergarten ist. In der Zeit kann sie mit gutem Gewissen ihren Wünschen und dem Geschäft nachgehen. Sie wird auch nicht gestört. Manchmal darf Karin etwas länger bei der Frau im Kindergarten bleiben.

Schon bald beginnt die erste Klasse für Karin. Im Kindergarten werden die Kinder fest für die Schule vorbereitet. Die

Schultasche und das Etui liegen auch schon bereit. Papa geht mit Karin noch ein paar Schuhe und ein leichtes Kleid einkaufen. Er ist stolz auf seine Tochter und will sich auch Zeit nehmen für sie. Sie machen noch einen Spaziergang zusammen. Dabei nimmt Papa liebevoll Karins Hand und hält sie fest. Er will seine Tochter spüren. Karin erzählt von der Kindergärtnerin, wie sie jeweils miteinander telefonieren.

Aber zuerst haben die Kinder noch Ferien. Der erste Vormittag will einfach nicht vorbeigehen. Karin sehnt sich nach dem Kindergarten und der Kindergärtnerin. Sie weint und geht zu Papa. Papa tröstet seine Tochter. Noch immer ist sie zu klein, um bei Papa in der Backstube zu sein. So geht Karin zu Mama.

«Was hast du denn wieder?», fragt Mama etwas barsch.

«Ich will nicht mehr allein sein. Ich gehe zur Frau im Kindergarten.»

«Die ist jetzt nicht da. Ihr habt Ferien. Da ist der Kindergarten geschlossen. Du bist doch jetzt schon gross», sagt Mama.

Frau Sämann, eine Kundin, spürt und hört die Not des Kindes. Sie fragt Frau Beckert: «Darf Karin etwas zu mir kommen, bis zirka um vier Uhr?»

«Oh, nein, das darf sie doch nicht. Ich habe auch nichts vorbereitet», entgegnet Frau Beckert.

«Das macht doch nichts. Ich habe schon noch etwas von meinen Kindern, sofern es nötig wird», sagt Frau Sämann.

Ein paar Minuten später schlendert Karin mit Frau Sämann den Bach entlang. Plötzlich geht es ziemlich steil hinauf. Mitten in einer grossen Wiese steht das Haus von Frau Sämann. Frau Sämann ist eine Bäuerin und hat selbst fünf Kinder. Bald fängt das Spielen an, aber auch das Streiten.

Frau Sämann ruft zum Mittagessen. Somit ist der Streit vergessen. Für Karin ist alles neu. Sie getraut sich noch fast nicht zu reden. Sie darf nun oft bei der Familie ein- und ausgehen. Sie bekommt dort viel Nestwärme.

Es folgt der erste Schultag. Die anderen Kinder werden alle von der Mutter oder einer älteren Schwester begleitet. Karin muss sich allein auf den Weg machen. Scheu schleicht sie in die Halle. Plötzlich wird Karin von Frau Sämann entdeckt. «Bist du ganz allein? Komm mit uns! Peter ist auch ein Erstklässler», sagt Frau Sämann, und Karin rollen die Tränen über die Wangen.

Karin ist glücklich, wenigstens Peter bei sich zu wissen. Karin spürt schon bald, die Ordnung ist viel straffer als im Kindergarten. Sie will wieder in den Kindergarten zurück.

«Der Kindergarten ist für kleinere Kinder», muss die Lehrerin immer wieder erklären. «Du schaffst es schon in der Schule. Ich helfe dir», tröstet die Lehrerin Karin.

Einmal haben sie nur kurz Unterricht an einem Nachmittag. Da geht Karin schnell beim Kindergarten vorbei. Die Kindergärtnerin versteht es ausgezeichnet, Karin für die Schule zu überzeugen. Als Belohnung darf Karin ihre Lieblingspuppe Elisabeth mitnehmen und für immer behalten.

Trotzdem wird die Schulzeit für Karin hart. Sie ist sehr viel allein. Bei den anderen Kindern ist sie zu scheu. Sie getraut sich nicht, sich zu wehren und zieht sich immer wieder zurück. Mit jeder Schulklasse wird es schlimmer. Karin ist nur beliebt, wenn sie Gipfeli oder Weggli mitbringt. Manchmal verzichtet sie auf ihren Snack. So hat sie jeweils das Empfinden, auch jemand zu sein. Ab und zu verschenkt sie von ihrem Taschengeld und holt sich so Anerkennung.

Mama sagt oft: «Karin, wenn du schön zuhause bleibst und nicht weinst, bekommst du fünf Franken.»

«Karin, du hast immer so viel Taschengeld. Woher hast du es?», fragt die Lehrerin.

«Mama gibt es mir, wenn ich zuhause bleibe und nicht weine», entgegnet Karin.

Die Lehrerin lacht, und alle Kinder lachen mit. Karin weiss

aber nicht warum. Sie spürt nur, wie sie ausgelacht wird. Das Lachen tut ihr weh. Sie fühlt sich beschämt. Nie mehr schenkt sie von ihrem Taschengeld. Das Ereignis hinterlässt Spuren in Karins Seele. Sie verliert an Selbstwertgefühl.

Von nun an ist Karin oft einfach der Sündenbock und muss für die anderen hinhalten. So geht es noch die ganzen Schuljahre. Am meisten Kontakt hat Karin mit Peter. An schulfreien Tagen darf sie oft zur Familie Sämann gehen. Das ist Karins grösste Freude. Peter lacht sie nicht aus. Sie spielen und lernen zusammen. Trotzdem ist Karin manchmal schnell verletzt.

Die Jahre vergehen. Mit genügenden Noten kann Karin die Schulzeit abschliessen. Karin muss einen Beruf erlernen. Das will Mama. Für höhere Schulen reicht es Karin nicht. Sie hat keine Sekundarschule, sondern nur die Realschule abgeschlossen. Karin kann sich zu nichts entscheiden. Sie ist körperlich und geistig noch zu wenig entwickelt. Sie ist ein gutes Jahr im Rückstand.

«Du kannst ja das Nähen lernen. Hier im Dorf hättest du Gelegenheit. Frau Jonsen bringt es dir schon bei», sagt Mama.

Karin versucht es. Doch sie schwitzt beim Nähen stark an den Händen. Sie bringt die Nadel kaum durch den Stoff, da von den nassen Fingern alles klebt. Karin schwitzt so an den Händen. Die Nähnadel wird ganz schwarz vom Schweiss. Auch das gerade Schneiden ist nicht so einfach. Die Lehrmeisterin hat die Geduld nicht. Zudem ist sie geizig. Es reut sie jede Nadel. Karin hat Angst vor ihr. Karin kann die geforderte Leistung in der vorgegebenen Zeit nicht bringen. Es dauert nicht lange, und Karin muss die Lehrstelle aufgeben.

Die Lehrmeisterin sagt: «Du eignest dich nicht. Es ist schade um die Zeit, während der ich mich abmühe.»

Da setzt sich Mama energisch ein und sagt: «Du wirst wohl für etwas taugen. Versuch es im Pflegeheim! Dort lernst du arbeiten und kannst dich für den Pflegeberuf vorbereiten. Es dient dir zur Allgemeinbildung.»

Karin ist auf der Pflege total überfordert. Sie hat Berührungsängste. Sie fürchtet sich auch vor alten und kranken Menschen. Es ist eine gewaltige Umstellung, vom vielen Alleinsein in ein so grosses Team hineinzukommen. Dazu ist ihre Schüchternheit immer wieder ein Hindernis. Die Herausforderung ist sehr gross für Karin. Sie ist überfordert. Ihr Körper reagiert. Karin bekommt eine starke Infektion mit einer Lungenentzündung. Mit sehr hohem Fieber muss Karin ins Spital eingeliefert werden. Im Fieber spricht sie wirr durcheinander. Sie hat starke Schmerzen und kann nur oberflächlich atmen. Karin bekommt kaum Luft und braucht Sauerstoff. Die Eltern müssen abwechslungsweise bei ihr wachen.

«Ich habe das Geld nicht gestohlen. Mama gab es mir. Mama, er schlägt mit der Faust. Mama!», schreit Karin.

«Bleib ruhig, Karin! Er schlägt nicht.»

«Mama, die Faust kommt wieder. Er schlägt mit der Faust.»

«Karin, ich bin bei dir, es schlägt niemand.»

Etwas später kommt Papa. Karin reagiert nicht. Sie ist im Koma. Mama geht kurz nach Hause, um sich zu stärken und erfrischen. Papa bleibt bei Karin. Karin fängt im Delirium wieder an zu sprechen.

«Mama gab mir das Geld. Ich habe es nicht gestohlen. Mama, ich war es doch nicht. Er schlug mit der Faust, die Nase blutete. Papa, mitten ins Gesicht schlug er. Sie fiel doch selber hin. Ich habe sie nicht gestossen. Papa, die Faust kommt wieder.»

«Karin, ich bin da. Ich bin bei dir. Spürst du mich?», fragt Papa.

«Papa, er schlägt mich mit der Faust.» Karin wälzt sich im Bett.

«Karin, fürchte dich nicht. Ich bin bei dir. Ich halte die Faust auf.»

«Die Nadel glänzt nicht. Sie ist schwarz. Papa, die Faust», haucht Karin. Karin weint. Da kommt gerade der Arzt ins

Zimmer. Er sieht sofort, dass es noch nicht besser steht mit Karin.

«Wenn es bis morgen nicht besser geht, können wir keine Hoffnung mehr geben. Wir müssen mit allem rechnen. Ich will Ihnen, Herr Beckert, die Hoffnung nicht nehmen, aber ich will Ihnen auch nichts vortäuschen», sagt der Arzt. «Bleiben Sie auf jeden Fall hier. Ihre Tochter braucht Sie jetzt!»

Papa setzt sich wieder zu Karin. Er kann seine Tränen nicht mehr zurückhalten.

«Papa, die Faust kommt wieder», haucht Karin wieder.

«Karin, ich habe dich lieb. Ich will mir viel mehr Zeit nehmen für dich. Ich halte die Faust fest. Sie schlägt dich nicht mehr», flüstert Papa Karin zu.

«Aber die Nadel ist ganz schwarz. Siehst du? Alle lachen. Sie lachen mich aus», sagt Karin.

«Lass sie lachen!», entgegnet Papa und wischt Karin den Schweiss von der Stirn. Er erfrischt Karin das Gesicht und die Hände. Er lässt Karin spüren, dass er da ist.

Ganz langsam geht das Fieber zurück. Karin wird wieder klarer und spürt Papa bei sich. Am Morgen ist Karin wieder klar und fragt nach der Mama. Schon bald muss Karin nicht mehr speziell überwacht werden. Sie wird deshalb in ein anderes Zimmer verlegt. Jetzt teilt Karin ihr Zimmer mit Frau Reichmut, einer jungen Frau. Frau Reichmut hat sehr viel Verständnis für Karin. Zuhause betreut Frau Reichmut mit ihrem Mann zusammen eine Gärtnerei. Nun bekommt Karin die Chance, sich für die Lehrstelle als Blumenbinderin und Blumenverkäuferin zu bewerben.

«Ich habe das Gefühl, dass du dich sehr gut eignen würdest für diese Aufgabe», sagt Frau Reichmut. «Aber zuallererst musst du dich richtig erholen. Sobald du wieder zu Kräften gekommen bist, darfst du vorbeikommen und bei der Arbeit etwas mithelfen. Wir sehen gleich, ob du dich eignest und ob du Freude hast, bei den Blumen zu arbeiten. Ich glaube, die Blumen sagen dir viel. In drei Monaten fängt die Lehrstelle und somit die Schule an. Bis sechs Wochen vorher hast du noch Zeit, dich zu entscheiden. Oder ich werde es dir sagen, falls sich Bedenken einschleichen. Aber ich glaube, das wäre etwas für dich. Mein Gefühl täuscht sich nicht.»

Karin kann es fast nicht glauben. «Ja, ich will schnell gesund werden und will es versuchen. Ich habe allerdings keine Ahnung von Blumen», entgegnet Karin.

Frau Reichmut ist eine Frau mit Herz. Auch Herr Reichmut ist immer wohlwollend. Karin lebt sich schnell ein. Das Blumenbinden macht ihr Spass. Die Arrangements geraten ihr wunderschön. Fast jeden Tag darf Karin frische Blumen mit nach Hause nehmen. Die Eltern können sich jetzt immer an schönen Blumen erfreuen.

Nach kurzer Zeit braucht Karin neue Kleider. Sie entwickelt sich zu einer richtigen Frau. Ihre Lehrmeisterin ist wie eine zweite Mutter zu ihr. Deshalb wird Mama oft richtig eifersüchtig. Das will Karin nicht. Sie erzählt nun mehr dem Papa als der Mama. Die Liebe und Freundschaft zu Frau Reichmut versucht Karin zu verbergen, denn sie liebt auch ihre Mutter. Sie will Mama nicht leiden sehen.

Im Geschäft ist Karin sehr beliebt. Es gibt immer mehr Kunden. Die Lehrzeit vergeht sehr schnell. Karin darf diese Zeit mit «Sehr gut» abschliessen. Sie darf auch weiterhin im Geschäft arbeiten. Die Lehrstelle bleibt, denn das Geschäft und die Gärtnerei laufen so gut. Es gibt immer mehr Arbeit. Karin selbst öffnet sich wie eine Blume. Sie ist wissbegierig und bildet sich weiter. Schon längst weiss sie, Blumen und Pflanzen reagieren gleich wie die Menschen. Auch sie brauchen Pflege, Zuwendung und Liebe.

Die wunderbare Wandlung

Herr und Frau Starkmann sind schon über zehn Jahre verheiratet. Beide arbeiten. Herr Starkmann geht seinem Beruf als Mechaniker nach. Frau Starkmann putzt für Privatleute. Obwohl beide arbeiten, reicht ihr Einkommen kaum für die Familie. Die beiden Kinder Regula und Irene sind zwar anspruchslos.

Frau Starkmann ist eine kluge, bescheidene Frau. Obwohl es oft hart ist für die Familie, ist Frau Starkmann immer optimistisch und sehr aufgestellt. Mit immer neuen Ideen versucht sie das Leben zu verbessern. So will sie auch plötzlich im Lotto mitmachen. Damit die Gewinnchance grösser ist, will sie es mit ihrem Mann zusammen versuchen. Sie will jede Woche fünf Franken dafür ausgeben. Ebenso erhofft sie es von ihrem Mann. Das sind jede Woche zehn Franken.

Doch ihr Mann ist nicht so offen für Neues. Er denkt immer, das hat doch keinen Sinn. Das bringt doch nichts. Er glaubt nur an das, was er gerade sieht. Er ist auch eher geizig und materialistisch. Er hält nichts vom Lotto. Die Wetten gewinnen doch immer nur die anderen. Es ist nur Geldmacherei und Betrug. Herr Starkmann glaubt nur an das, was er sieht.

Herr Starkmanns Frau, Margrit ist ihr Vorname, reicht Jakob, ihrem Mann, jede Woche fünf Franken. Sie gibt ihren Beitrag für den gemeinsamen Tipp.

«Schau, Jakob, hier hast du meinen Anteil.»

Jakob nimmt das Geld wohl an, aber er ist böse und macht in der Hosentasche die Faust. «Das ist Verschwendung. Ich habe nicht das Geld, um es auf diese Art auszugeben», murmelte er vor sich hin. Er gibt das Geld nicht aus für das Lottospiel, sondern legt die zehn Franken auf einer Bank an. Seiner Frau erzählt er nichts davon. Das Sparbuch bleibt sein

Geheimnis. *Die kleinen Gewinne will ich für mich nehmen*, denkt er.

Margrit liebt Jakob und vertraut ihm voll. Sie ist so gutmütig. Sie denkt nie, dass Jakob ihren Wunsch nicht erfüllt. Sie hat auch nie den Gedanken, den Lottozetteln einmal nachzuforschen. Jakob hingegen geniesst das volle Vertrauen seiner Frau und missbraucht es.

Doch einmal entlarvt sich die ganze Geschichte.

An einem Mittwoch gewinnt Margrits Schwester 1,2 Millionen Franken. Auch Anna hat jede Woche zehn Franken entbehrt. Nur hat sie es immer in Ordnung gebracht. Sie hat es aus ihrem eigenen Geld immer bezahlt. Bei jedem Wetter, immer zur gleichen Zeit und am gleichen Wochentag ging sie ins Dorf, extra für das Lotto. Es war für Anna wie eine Sonntagspflicht. Sie glaubte über Jahre an ihren Gewinn. Jetzt hat sie gewonnen. In allen Zeitungen steht es geschrieben.

Margrit Starkmann wird jetzt hellhörig. Sie erzählt Jakob vom Gewinn ihrer Schwester.

«Was? Das kann doch nicht sein», sagt Jakob.

«Haben wir noch nie den geringsten Anteil gewonnen?», fragt Margrit. «Du hast mir überhaupt noch nie erzählt, wie das Lotto ausgegangen ist.»

«Wenn die anderen gewinnen, können auch wir gewinnen», erwidert Jakob.

«Ja, jetzt versuchen wir es doch schon über zwölf Jahre und das jede Woche. Sag, haben wir noch nie das geringste Geld gewonnen?»

Jakob wird blass. «Ich muss unbedingt noch etwas erledigen», sagt er und eilt aus der Küche.

Margrit ist eifersüchtig auf ihre Schwester. Sie empfindet keinen Appetit mehr. Wütend zerreisst sie die Zeitung und wirft sie ins Ofenloch. Eine riesige Flamme entsteht und frisst die Zeitung auf.

Jakob erscheint nicht wieder. Margrit zieht den Mantel an und marschiert ins Dorf. Zufällig sieht sie den Kiosk an einem anderen Ort stehen. Aus Neugier geht sie zum Laden hinüber. Die Frau, die den Kiosk bedient, ist eine einfache, liebe Frau. Sie arbeitet dort auch, um zusätzlich etwas zu verdienen.

«Meine Schwester hat scheinbar toll gewonnen», sagt Margrit so nebenbei zu der Frau im Kiosk.

«Ja, das gibt es immer wieder. Doch meistens ist es so, dass mehrere Personen etwas gewinnen, dafür nicht so viel», erklärt die Verkäuferin.

«Ich hoffe, auch ich habe einmal Glück», entgegnet Margrit.

«Ja, das hoffen wohl alle», erwidert die Verkäuferin und schaut auf die Zeitung hinunter, wo die Gewinnerin gross abgebildet ist. «Am Montag nächste Woche werden am anderen Dorfende die Strasse und das Trottoir neu gemacht. Das letzte Haus wird abgebrochen. Dort entsteht ein grosses Warenhaus. Darum mussten wir umziehen.»

«Das muss ich meinem Mann sagen. Also bis bald wieder. Ich wünsche Ihnen noch einen schönen Abend», sagt Margrit, schaut verstohlen noch einmal auf das Bild ihrer Schwester, dreht sich dann brüsk um und geht weg. Mit schnellem Schritt macht sie sich auf den Heimweg. Auch Jakob ist auf dem Heimweg. Fast gleichzeitig betreten sie das Haus. Margrit ist ein paar Minuten früher und fängt gleich an zu kochen. Da kommt auch Jakob in die Küche.

Margrit sagt: «Der Kiosk steht jetzt nicht mehr an der Burgstrasse.»

«An welcher Burgstrasse?», fragt Jakob.

«Du wirst wohl wissen, wo die Burgstrasse ist, wenn du schon über zwölf Jahre dort die Lottoscheine ausgefüllt hast.»

«Der Kiosk steht doch wie in einer Nische, zwischen zwei Häusern oder unter dem Dach von zwei Häusern. Steige ich nicht extra vom Bus oder vom Auto aus, so sehe ich den Kiosk kaum. Übrigens interessiert mich das Ganze überhaupt nicht.»

«Was, du interessierst dich nicht?», fragt Margrit entsetzt. «Sag, hast du etwa gar nie Lose gekauft?» Margrit wird rot vor Zorn und Aufregung. Sie kann nicht mehr ruhig stehenbleiben. Ihre Augen funkeln.

«Ich kann nicht Lose kaufen, wenn ich nicht davon überzeigt bin. Dazu reut mich das Geld», sagt Jakob.

«Du hättest es mir wenigstens sagen können! Warum hast du denn immer mein Geld angenommen? Wie kannst du mich über so viele Jahre hinaus betrügen? Du bist ein Dieb, ein Schelm, und ich habe dir mein ganzes Vertrauen geschenkt. Von nun an gehe ich selber hin und kaufe mir die Lose. Du, schau selber für dich. Von mir bekommst du nichts mehr. Ich kann auch ohne dich leben. Einen Mann, der mich betrügt, brauche ich nicht.»

Erbost geht Margrit in ihr Zimmer. Es schmerzt sie tief. Die Tatsache, dass vielleicht sie gewonnen hätte, tut ihr sehr weh. Aber der Schmerz, von Jakob so betrogen zu sein, ist noch viel tiefer und nagt an ihr. In dieser Nacht schläft Margrit bei ihrer Tochter im Zimmer. Schlafen kann sie allerdings nicht. Sie grämt sich und grübelt über alles nach.

Von nun an schläft Margrit immer bei ihrer Tochter. Sie teilen miteinander das Zimmer. Seit dem Ereignis mit dem Lotto ist Margrit nicht mehr die gleiche Frau. Es ist für sie ein grosses Trauma. Sie verliert die Freude und Lust am Leben. Alles scheint ihr sinnlos. Sie verliert auch die Gefühle: Trauer, Glück, Wut, Liebe und Freude, alles ist weg. Alles wird Margrit zur Qual. Jeden Augenblick findet sie qualvoll. Sie arbeitet, weil sie arbeiten muss. Sie findet keine Befriedigung mehr an der Arbeit. Sie geht an den Menschen vorbei und nimmt sie nicht mehr wahr. Mit jedem Tag verstärkt sich dieser Zustand. Margrit spricht nur noch ganz wenig und lacht selten.

Eines Tages kommt Jakob nach Hause. Margrit sitzt wie erstarrt am Fenster. Da bekommt Jakob Angst. Sein Gewissen meldet sich. Doch er hat nicht den Mut, seiner Frau Nähe und Zärtlichkeit zu zeigen. Er geht wieder hinaus und wandert in den Wald. Da kommt ihm der Gedanke, das Geld von der Bank zu holen. Sofort kehrt er um und geht ins Dorf. Er holt sich das Geld und einiges dazu. Das ersparte Geld ergibt 8200 Franken. Jakob legt Geld dazu, damit es 10'000 Franken werden.

Vielleicht kann ich Margrit damit eine Freude machen. Ich darf doch meine Frau nicht in dieser Verfassung lassen. Wenn es so weitergeht, muss Margrit noch ins Spital eingewiesen werden. Das hat sie nicht verdient. Ich selber stehe schlecht da. Nein, Margrit hat alles getan, was sie konnte. Sie ist doch die Güte selbst. Ich will zärtlicher und liebevoller sein zu ihr. Es geht ihr gar nicht gut. Es ist meine Schuld. Nein, Margrit soll nicht krank werden. Ich geh jetzt schnell nach Hause und gebe meiner Margrit das Geld und bitte sie um Verzeihung, so denkt Jakob.

Jakob eilt nach Hause und stürzt ins Haus hinein. «Schau! Margrit. Ich habe dir etwas. Ich hoffe, du hast Freude daran.»

Zitternd öffnet Margrit das Couvert. Ihre Augen werden immer grösser. «Was, das alles ist für mich? Wo hast du das Geld her, Jakob?», fragt Margrit scheu.

«Es ist alles in Ordnung. Das Geld gehört dir. Du bist doch eine gute Frau und Mutter. Du sollst wieder glücklich werden. Ich bitte um Verzeihung. Es tut mir wirklich alles sehr leid, was ich dir angetan habe.»

Margrit will aufstehen, vermag es aber nicht. Ihre Beine versagen. Sie reicht Jakob fragend die Hand hin. Jakob legt seine Hand in ihre und umarmt Margrit seit vielen Jahren wieder einmal. Margrit weint vor Schmerz und Freude zugleich.

«Wie kann Liebe nur so weh tun?»

Margrit bringt kein Wort hervor. Sie bringt nur ein feines Lächeln hervor.

Jakob macht schnell Kaffee und öffnet eine gute Flasche Wein. Die ganze Familie sitzt seit langem wieder einmal gemütlich beisammen. Da läutet auf einmal die Hausglocke. Jakob geht an die Tür. Vor der Tür steht Anna, Margrits Schwester.

«Hoi, Anna, sieht man dich auch wieder einmal?», sagt Jakob freudig.

«Ja, ich möchte schnell meine Schwester sprechen», entgegnet Anna.

«Komm, wir sind gerade am Kaffeetrinken», erwidert Jakob gutgelaunt.

Anna sagt zu Margrit: «Ich möchte gern dir allein etwas anvertrauen.»

Anna hängt ihren Arm in Margrits Arm ein. So gehen sie gemeinsam in die Stube und setzen sich gemütlich hin.

«Salü, Margrit. Ich habe dich schon so lange nicht mehr gesehen. Ich habe eine Menge Geld gewonnen. Sicher weisst du es. Da du sehr sparsam sein musst und kaum das Nötigste hast, möchte ich dir einen Teil davon geben.»

Margrit stottert nur: «Was? Du!»

Auch Anna reicht Margrit 10'000 Franken. Aber Margrit kann es im Moment noch nicht glauben. Sie sitzt überwältigt auf ihrem Stuhl. Tränen der Freude und des Glücks laufen ihr über das blasse Gesicht. Margrit bietet ihrer Schwester auch Kaffee und Kuchen an. Bis spät am Abend essen alle zusammen Kuchen und trinken Kaffee. Die verlorengegangene Gemütlichkeit bricht durch. Freude überstrahlt alle.

Das Familienleben schlägt langsam wieder Wurzeln. Margrit geht es von Tag zu Tag wieder besser. Ihr Leben wird viel tiefer. Eine riesig grosse Dankbarkeit erfüllt sie. Jakob wird richtig umsichtig und zärtlich. Er wird der allerbeste Vater. Die Jahre ohne Liebe und der Ichsucht werden vergessen. Nur noch das Jetzt, das Heute zählt.

Margrit kann das Leben jetzt geniessen. Sie freut sich wieder. Sie ist erfüllt von einer tiefen Dankbarkeit. Jakob muss nichts mehr verstecken. Er ist jetzt offen für alles. Das gegenseitige Vertrauen ist viel grösser geworden. Ein ganz neuer Lebensabschnitt hat angefangen für die ganze Familie.

Schon wieder eine Diät

Inge eilte zur Znünipause, wobei es regelrecht rauschte bei ihrem Gehen durch die Halle. Sie bestellte sich einen Kaffee nature und setzte sich zu den anderen Kolleginnen an den Tisch.

«Inge, wie du wieder aussiehst. Geht es dir nicht gut? Hast du wieder eine neue Diät angefangen?», fragte Jasmine spitz.

«Bleib still, Jasmine! Ich möchte nichts von mir erzählen. Erzähle du mir lieber von deinen Ferien!»

Jasmine reagierte verlegen. Diese Antwort hatte sie von Inge nicht erwartet. Ein Schweigen umhüllte die Znünipause.

Inge ging etwas früher weg und begab sich wieder in ihr Büro an die Arbeit. Durch die Arbeit allein hatte sie sich in den letzten Wochen von sich und ihren Kilos ablenken können. Ja, die Tage waren vergangen, und nichts war geschehen, ausser dass Inge von Woche zu Woche etwas an Gewicht zugenommen hatte. Sie war immer depressiver und unzufriedener geworden.

Auch an diesem Tag kam Inge depressiv und erschöpft nach Hause. Sie liess sich in den Sessel fallen und hatte zu nichts mehr Lust. Sie hasste sich und ihren übergewichtigen Körper.

Ich lasse mich von den anderen im Büro nicht dauernd lächerlich und klein machen. Ich sei faul und bequem, sagen mir die jungen Girls. Ja, ein freches Girl ist sie, die Susanne. Sie hat noch keine Lebenserfahrung und keinen Respekt. Ich habe genug. Ich habe es nicht nötig, so gedemütigt zu werden, dachte Inge.

Die Tränen rollten ihr über die Wangen, und plötzlich schluchzte sie laut. Sie hatte es mit so vielen Diäten probiert, jedoch immer vergebens. Vor ein paar Monaten hatte ihr die Frauenärztin eine neue Diät verordnet. Es war eine unmögliche Diät.

«Essen Sie endlich etwas weniger! Sie haben überhaupt keinen Willen. Fast hundert Kilos sind einfach zu viel für eine junge Frau. Zum Glück müssen Sie die Kilos selber herumschleppen», sagte die Frauenärztin und noch vieles mehr.

Diese unmögliche Diät musste ja scheitern. «Sie soll die Diät selber einhalten», sagte Inge halblaut vor sich hin und war der Verzweiflung nahe. Als sie sich vom Weinen etwas erholt hatte, schaute sie die Post an. Zufällig entdeckte sie einen Prospekt von einer Gesundheitswoche im Bündnerland. Der Gedanke an dieses Angebot durchfuhr Inge wie ein Blitz und liess sie nicht mehr los.

Ja, das wäre etwas. Fort von hier. Fort von diesen Menschen. Nur noch einmal will ich einen Versuch wagen, dachte Inge.

Nachts erwachte Inge ein paar Mal und dachte immer an die Gesundheitswoche.

Am anderen Tag meldete sie sich im Büro ab.

«Ich bin krank», sagte Inge.

In Wirklichkeit hatte sie nicht mehr den Mut, den anderen Kolleginnen zu begegnen.

Inge mochte sich selbst nicht mehr ausstehen. Dafür informierte sie sich über die Gesundheitswoche. Zufällig wurde gerade ein Platz frei, weil sich jemand abgemeldet hatte. Inge konnte noch am gleichen Tag reisen. Schnell packte sie ihre Sachen zusammen und fuhr mit ihrem Auto los. Sie kam etwas verspätet in St. Moritz an. Die anderen hatten ihre Zimmer bereits bezogen und konnten den Nachmittag geniessen. Inge kam gerade zur rechten Zeit an das Vorstellungsgespräch. So verpasste sie nicht viel. Schon bald war sie nicht mehr allein mit ihrem Übergewicht und den damit verbunden Sorgen.

Inge wurde während der ganzen Woche intensiv begleitet. Sie bekam viele Tipps für eine gute und gesunde Ernährung. Bei den angebotenen Wanderungen fehlte sie nie. Sie genoss die Natur und die Freiheit. Auch beim täglichen Schwimmen machte Inge mit. Vor allem konnte sie über ihre Probleme reden und wurde dabei nie ausgelacht, sondern sehr ernst genommen.

Mit jedem Tag schöpfte sie wieder Mut zum Leben. Langsam verlor sie ihre Zweifel an sich selbst. Nach einer Woche fühlte Inge wieder festen Boden unter ihren Füssen. Sie konnte sich wieder so richtig freuen und ihr Leben bejahen. Dazu hatte sie erst noch mehr als zehn Kilo abgenommen. Sie war begeistert von der Woche und war wieder lebensfroh und positiv.

Am letzten Abend ging Inge allein in den Ausgang. Sie spazierte durch das schöne Bergdorf, das noch rötlich leuchtete von der untergehenden Bergsonne. Bei einem schönen Café trat sie ein. Von dort hatte sie einen prächtigen Ausblick auf den See.

In einer anderen Ecke sass ein junger Herr. Er musste gerade aufschauen, als Inge eintrat. *Was, die kommt allein*, dachte er. Irgendwie fühlte er sich von ihr angezogen und blickte dauernd zu ihr hinüber.

Auch Inge blickte um sich. Da begegneten sich ihre Blicke. Dem Herrn entglitt ein einladendes Lächeln, worauf auch Inge lächeln musste. Es dauerte nicht lange, da stand der junge Herr vor Inge.

«Entschuldigung! Darf ich mich ein wenig zu Ihnen setzen?», fragte er. Dabei errötete er und konnte gar nichts weiter sagen.

«Ja, natürlich dürfen Sie das», sagte Inge. «Ich machte nur so einen Abendspaziergang. Morgen fahre ich wieder weg.»

«Oh, schade. Ich habe den Urlaub erst begonnen. Entschuldigung! Ich fühle mich von Ihnen so angezogen. Sie haben so eine schöne Ausstrahlung.»

«Ja, ich war jetzt eine Woche hier, und die wirkte Wunder. Ich fühle mich wie ein neuer Mensch. Zuhause werde ich zuerst eine neue Stelle suchen. Mein Leben fängt doch ganz neu an», sagte Inge.

«Was, Ihr Leben fängt neu an? Ich habe das Gefühl, als ob für mich etwas Neues beginnt. Darf ich Sie nach Hause begleiten?»

«Ich bin mit dem Auto hier. Das heisst, das Auto ist ein Stück weiter oben. Aber das nächste Wochenende werde ich wieder hier verbringen. Es ist einmalig hier. Ich habe mich so gut erholt», erwiderte Inge.

«Übrigens, ich heisse Daniel. Es würde mich freuen, wenn Sie mir so sagen würden.»

«Ja gerne, und ich bin Inge. Es freut mich, Daniel.»

Daniel wurde ganz kribblig und nervös. Er spürte, dass er Inge liebte. Es war Liebe auf den ersten Blick. Bei diesem Gedanken musste Daniel lachen.

«Was hast du Lustiges?», fragte Inge.

«Das werde ich dir später verraten, Inge.»

Daniel strahlte und war überglücklich.

Trotz der Begegnung war Inge mit ihren Gedanken noch bei den vergangenen Tagen. Sie musste verarbeiten und war gerade dran, ihr wiedergefundenes Ich zu stärken. Darum wollte sie jetzt ins Hotel zurückgehen.

«Daniel, am Freitagabend werde ich wieder kommen. Jetzt möchte ich gehen, um noch etwas allein sein zu können», sagte Inge.

Sie verabschiedeten sich. Daniel half Inge in den Mantel und reichte ihr liebevoll die Handtasche. Bei der Tür schaute Inge noch einmal zurück. Daniel stand dicht neben ihr, und ihre Blicke trafen sich noch einmal. Inge machte sich auf den Weg zum Auto. Doch nach zirka hundert Metern kehrte Inge nochmals zurück. Irgendetwas zog sie an wie ein Magnet.

Ich will Daniel noch einmal sehen. Er mag mich. Ihm bedeute ich etwas. Das habe ich noch gar nie erlebt. Er hat mich ernst genommen. Ich hätte eine schöne Ausstrahlung, hat er gesagt. Mit diesem Gedanken lief sie zum Café zurück.

Als sie von Daniel erblickt wurde, errötete sie leicht. «Ich wollte dich einfach nochmals sehen.»

«Das freut mich aber, Inge», sagte er und küsste sie sanft auf die Stirne.

Inge bekam ein paar Tränen vor Freude.

«Komm, Inge, trink noch etwas. Wie lieb, bist du nochmals gekommen.»

Inge spürte Liebe. Sie durfte lieben und wurde geliebt. Sie fühlte sich so glücklich und war mir tiefer Dankbarkeit erfüllt.

Verzeih mir, Mama!

Nadias Mutter ging es mit jedem Tag weniger gut. Sie vermochte den Weg ins Dorf von fünf Minuten nicht mehr zurückzulegen. Jeden Tag nahm Nadias Mama an Gewicht zu. Ihre Beine wurden hart und geschwollen. Auch ihr Bauch wurde immer grösser. Es sah aus, als ob sie schwanger sei. Es war alles Wasser, das sich im Gewebe ansammelte. Dadurch bekam Mama Atemnot.

Eines Morgens wurde Nadia ans Telefon gerufen, als sie mit der Arbeit so richtig angefangen hatte. Nadia war gerade mit einer Infusion beschäftigt.

Papa meldete sich. «Nadia, komm bitte sofort nach Hause! Mama kann nicht mehr atmen und muss sofort ins Spital gebracht werden. Die Ambulanz wird jeden Moment kommen.»

Nadia hörte das Gespräch nicht mehr zu Ende und legte den Hörer schnell auf die Gabel. Sie suchte ihre Kollegin auf und gab ihr ein paar kurze Erklärungen und Anweisungen. So schnell umgekleidet und zu Hause angekommen war sie sonst noch nie. Nadia fuhr viel zu schnell mit dem Auto. Aber das war ihr nicht wichtig. Sie wollte so schnell wie möglich bei Mama sein.

Als Nadia daheim ankam, wurde Mama gerade auf der Bahre aus dem Haus getragen. Das war ein schrecklicher Moment für Nadia. Der Vater weinte. Die Mutter reagierte kaum noch. Ihre Haut schien gelblich zu sein und hatte eine komische Ausdünstung.

Mama war Nadia am Morgen schon so komisch vorgekommen. Aber der Morgen verging immer so schnell. Nadia hatte sich beeilen müssen. Mama wollte einfach nicht mehr zum Arzt gehen. *Hoffentlich ist es jetzt nicht zu spät.* Ganz verschiedene Gedanken gingen Nadia durch den Kopf. Sie kämpfte mit den Tränen und konnte sie nur mit Mühe zurückhalten.

Mama hatte ein totales Nierenversagen. Ihre Nieren arbeiteten überhaupt nicht mehr. Darum vermochte der Körper das Wasser nicht mehr auszuscheiden, und es sammelte sich alles im Gewebe an. Selbst Mamas Gesicht war aufgedunsen. Sie war einer Vergiftung nahe. Mama wurde im Spital gleich auf die Intensivstation gelegt. Sie musste einige Punktionen über sich ergehen lassen. Vom Bauch und von der Lunge wurden einige Liter Wasser abgezogen. Dadurch verbesserte sich Mamas Zustand etwas.

Am Nachmittag wollte der Arzt mit Nadia sprechen. Auch Papa war beim Gespräch mit dabei.

«Ja, Sie sehen, es geht Ihrer lieben Frau und Mutter nicht gut», sagte der Arzt. «Es gibt nur eine Möglichkeit, die Nierenwäsche. Aber dazu sind wir in diesem Spital nicht eingerichtet. Frau Brunner müsste jede Woche dreimal für einen Tag in ein grösseres Spital gebracht werden, um ihr Blut zu reinigen. Machen wir den Schritt nicht, wird Ihre Frau nur noch ein paar Tage leben können.»

Nadia war sprachlos. Auch Papa vermochte nicht zu antworten.

«Überlegen Sie es! Morgen müssen wir handeln. Aber wir möchten nichts unternehmen ohne Ihre Mitentscheidung. Geht die Dialyse gut, kann Ihre Frau noch ein paar Jahre leben», erklärte der Arzt.

Nadia hatte das Problem schon länger kommen sehen. Mamas Nieren arbeiteten schon seit ein paar Jahren nicht mehr richtig. Als Krankenschwester kannte sie das Krankheitsbild und die Prognose viel zu gut. Aber dass es jetzt bei Mama ohne Dialyse nicht mehr gehen sollte, stimmte sie sehr traurig. Das hiess für Nadia, dass sie ihre ganze Freizeit für Mama einsetzen müsste. Mama müsste jede Woche dreimal ins Spital gefahren werden und bei der Betreuung unterstützt werden.

Wir alle sind doch schon genug belastet. Ich kann nicht mehr sehen, wie Mama immer wieder nach Luft ringen muss oder wie sie fast im eigenen Wasser ertrinkt. Oder muss Mama wirklich vergiften? Nein, Mama hat doch genug gelitten.

Nadia versuchte klar zu denken und ruhig zu werden. Mit Papa konnte sie nicht sprechen. Er weinte dauernd. Er liebte Mama und lebte nur noch für sie. *Was wird Papa tun, sollte Mama in paar Tagen sterben? Er vergass doch jedes Hobby und pflegte keinen Kontakt mehr zu anderen Leuten. Mein Bruder lässt schon lange nichts mehr von sich hören. Er kümmert sich nicht um seine Eltern.*

Am Morgen entschieden sie sich, Mama sterben zu lassen. Und wirklich, sie lebte nur noch drei Tage. Es war schrecklich. Bevor sie noch ein Gespräch hatten mit dem Arzt, lächelte Mama sie noch einmal an. Kurz darauf kam sie ins Koma. Sie konnten nicht mehr mit ihr sprechen. Papa und Nadia waren abwechslungsweise die ganze Zeit bei Mama, bis sie das letzte Mal aushauchte und verklärt gegen die Decke schaute. Mama weinte ihre letzte Träne. Zugleich verriet ihr Gesicht ein Lächeln und nahm unsagbar liebe Züge an.

Als sie von Mama Abschied nahmen, überfiel Nadia eine furchtbare Pein. Sie machte sich Vorwürfe. *Warum habe ich mich nicht für die Dialyse entschieden?*

Sie fiel so richtig auf den Boden und zweifelte an sich selbst. Es wurde von Tag zu Tag schlimmer mit ihr. Kam eine negative Botschaft an sie heran, bestärkte das ihre Selbstzweifel. Sie verlor an Gewicht und das Selbstwertgefühl.

Eines Tages sagte eine Kollegin zu ihr: «Nadia, du bist einfach nicht mehr die Gleiche. Hast du den Tod deiner Mutter noch nicht überwunden?»

«Nein, Karin. Ich verstehe mich selbst nicht mehr. Vielleicht hätte ich mich doch für die Dialyse entscheiden sollen. So würde Mama noch leben», sagte Nadia und weinte. Sie bekam einen richtigen Weinkrampf.

«Nadia, quäle dich doch nicht so! Deine Mutter möchte dich

sicher glücklich wissen. Vielleicht war sie dir dankbar für diesen Entscheid. Letztlich entscheidet ein Mensch ja selber, ob er noch leben will oder nicht. Es ist oft unglaublich, wie viel Kraft ein Mensch aufbringt und wie er sich aufraffen kann, um leben zu können. Vielleicht wollte deine Mutter gar nicht mehr leben, konnte nicht mehr oder hatte einfach die Kraft nicht mehr dazu. Darum ging sie auch nicht mehr zum Arzt.»

Karin ging zu Nadia und umarmte sie. Sie legte ihre Hand auf Nadias Schulter. «Nadia, du sollst leben und das Leben weiterschenken! Das war sicher auch der Wunsch deiner Mutter. Hättest du auch einen Fehler gemacht, deine Mutter hätte es dir schon längst verziehen. So sind doch die Mütter. Letztlich bist du für dein Leben verantwortlich. Du musst dein Leben leben!»

Nach dem Gespräch mit Karin ging es wieder aufwärts. Nadias Schuldgefühle wichen mehr und mehr in den Hintergrund. Es wurde auffallend, wie auch Papa wieder auflebte. Er machte schöne Reisen und genoss die Freiheit.

Nadia lernte einen Freund kennen, der sie richtig liebte. Die Liebe wurde immer tiefer und schöner. Das Leben ist nicht nur Leid, sondern auch Freude. Nadia bekam ein ganz anderes Gefühl für die Dinge. Sie sah auch das Schöne wieder und konnte sich freuen. Vor allem spürte sie sich selbst wieder und was sie brauchte und ihr gut tat. *Ich kann zu den anderen nur gut sein, wenn ich zu mir selbst gut bin.*

Nadia entfaltete sich zu einem glücklichen und zufriedenen Mensch. Sie hatte wieder Freude am Dasein und am Leben.

Mit dem Herzen hören

Cornelia spazierte am See entlang und setzte sich bald auf eine Bank.
Warum musste Jan diesen Unfall haben?, dachte Cornelia. *Er war in letzter Zeit so nervös. Vielleicht hat er gar nicht richtig geschaut. Schliesslich kann allen ein Unfall passieren. Vielleicht ist Jan doch etwas zu alt für mich.*
Plötzlich wurde Cornelia in ihren Gedanken aufgeschreckt. Sascha stand vor ihr, ein Schulkollege, der ein paar Jahre älter war.
«Conni, was machst du so alleine hier?», fragte Sascha.
«Ich möchte Cornelia genannt werden.»
«Wir haben dir doch immer Conni gesagt», erwiderte Sascha.
«Ja, aber ich mag es nicht», sagte Cornelia.
«Willst du ein wenig mit mir spazieren?», fragte Sascha.
Eigentlich wollte Cornelia alleine sein, aber sie ging dann doch mit Sascha.
Sascha zeigte sich überaus freundlich. Er hatte Cornelia im Spital gesehen, als sie Jan besucht hatte. Nun verfolgte er sie eifersüchtig.
In der Schule hatte Cornelia eher scheu und nicht so aufgeweckt gewirkt, als wäre sie irgendwie in der Kindheit steckengeblieben. Aber Cornelia hatte sich jetzt zu einer richtig lebensfrohen Frau entwickelt.
Sascha wünschte sich schon lange eine Freundin. Er hatte schon viele Freundinnen gehabt. Aber die Freundschaften scheiterten immer wieder, weil er blufte und sehr eifersüchtig war. Das bekamen die Freundinnen schnell zu spüren. Sascha wollte immer gleich ins Bett mit seinen Freundinnen und Sex mit ihnen haben. Nun versuchte es Sascha bei Cornelia. Mit seinem Charme erreichte er sehr viel.

«Cornelia, du bist eine richtige Powerfrau geworden. Du gefällst mir. Schon im Spital, als ich dich sah, musste ich dich ständig anschauen. Ich schaute dir nach, bis ich dich nicht mehr sah. Ich konnte mich bei der Arbeit nicht mehr konzentrieren. Darum suchte ich dich», sagte Sascha. Dabei schlich Sascha Cornelia heimlich nach.

Sascha klopfte Cornelia mit der Hand auf die Schulter und fragte: «Was ist das? Sag es mir! Ich bin einfach etwas durcheinander.»

«Ich glaube, du wirst es selbst wissen», sagte Cornelia.

«Cornelia, ich liebe dich», sagte Sascha und zog Cornelia an sich. «Darf ich dich küssen?»

Cornelia sagte nichts. Sie schaute Sascha nur an. Sascha beugte sich über sie und küsste Cornelia. Er küsste stürmisch und konnte es gar nicht mehr lassen. Cornelia getraute sich nicht, sich zu wehren und kämpfte mit den Tränen. Die Küsse waren ihr zu viel.

«Ich liebe doch Jan», erklärte Cornelia wehmütig.

Hat wohl Jans Unfall unsere Liebe zerbrochen? Vielleicht kann Jan ja nie mehr richtig gehen, dachte Cornelia, und sie wurde sehr traurig.

«Cornelia, warum weinst du? Gefallen dir meine Küsse nicht?», fragte Sascha und schüttelte Cornelia. «Möchtest du gerne etwas trinken? Ich lade dich ein. Ein Stück weiter ist ein gediegenes Restaurant. Komm! Du musst nicht traurig sein. Ich werde dich glücklich machen.»

Cornelia fühlte sich plötzlich einsam. Sascha an ihrer Seite zu wissen, tat ihr wohl.

Im Restaurant hatten sie es gemütlich. Sie bestellten Poulets im Körbchen und Pommes frites. Der Wein machte beide lustig, und die Stimmung wurde immer besser. Cornelia vergass ihre Sorgen.

Was will ich anderes, wenn Sascha so gut ist zu mir, dachte Cornelia und fühlte sich trotzdem hin- und hergerissen.

«Aber Sascha, ich liebe doch Jan», sagte sie.

«Ach was. Lass ihn doch! Er ist doch viel zu alt für dich», sagte Sascha und lachte. «Wir können doch zusammen etwas aufbauen. Geh zu Jan und sag es ihm, dass du mich gefunden hast! Sag ihm, wie viel die neue Liebe dir bedeutet! Das muss doch Jan verstehen. Sollte es dir zu schwer fallen, es Jan zu erklären, so begleite ich dich.»

«Nein, das werde ich allein tun. Sobald es Jan etwas besser geht, werde ich es ihm sagen. Ich werde jetzt ein paar Tage nicht zu ihm gehen», sagte Cornelia.

Jan machte riesig grosse Fortschritte im Spital. Er tat alles, um möglichst schnell wieder laufen zu können. Die Ärzte und das Pflegepersonal freuten sich über seine Fortschritte und sein fleissiges Training. Alle erbauten sich an seiner positiven Lebenseinstellung. Jan wurde von allen geschätzt. Oft war er es, der den anderen Trost und Kraft schenkte, statt dies selbst zu empfangen.

Eines Morgens fragte die Abteilungsleiterin: «Für wen trainieren Sie denn so?»

Jan zog ein Foto aus seinem ledernen Geldbeutel hervor mit dem Bild von Cornelia und zeigte es Manuela, der Abteilungsleiterin. «Sobald ich wieder laufen kann, will ich mit ihr für längere Zeit in den Urlaub fahren.» Jans Augen strahlten, und sein ganzes Gesicht zeigte Freude und Züge von wahrer Liebe.

Am Nachmittag besuchte Cornelia Jan. Jan wartete schon lange auf sie.

«Oh! Cornelia, da bist du ja, du hast mir so gefehlt. Mein Liebling, komm näher zu mir! Du hast mir so gefehlt. Ich will dich spüren», sagte Jan.

Etwas beklommen trat Cornelia näher und umarmte Jan. «Jan, Jan», sagte Cornelia stotternd.

«Was ist, Cornelia?», fragte Jan. «Sag es mir!»

«Ich habe einen anderen Mann kennengelernt. Ich liebe ihn», erwiderte Cornelia.

«Ja, Cornelia, das darf ich dir nicht verbieten. Ist der andere Mann deine grosse Liebe, dann darf ich dich nicht zurückhalten. Du sollst glücklich werden. Ich werde deinem Glück nicht im Wege stehen. Du bist frei. Du sollst auch frei bleiben dürfen», entgegnete Jan.

Cornelia war erleichtert über die Worte von Jan. «Also, dann geh ich jetzt. Bitte, verzeih es mir Jan!» Cornelia wischte sich eine Träne ab und ging fast fluchtartig fort.

Jan spürte einen tiefen Schmerz. Er musste weinen. Am Abend konnte er nichts essen. Er weinte immer noch. Am anderen Morgen war er wie gelähmt. Er konnte sein Bein kaum bewegen.

«Aber ich fahre trotzdem in den Urlaub. Ich kann auch allein Urlaub machen», sagte er zu Manuela.

Cornelia wurde plötzlich hin- und hergerissen. Sie wusste auf einmal nicht mehr, wen sie wirklich liebte, Jan oder Sascha. Sie konnte nicht mehr schlafen. *Wen könnte ich um Rat fragen?*

In ihrer Verzweiflung ging sie ins Spital. Sie getraute sich aber nicht, Jan zu besuchen. Sie setzte sich in einer Nische auf einen Stuhl. Ein Arzt bemerkte Cornelia.

«Sie sind doch die Freundin von Jan Heine?», fragte der Arzt Cornelia.

«Ja, das bin ich, oder besser gesagt, das war ich. Ich weiss überhaupt nicht mehr, wohin ich gehöre», sagte Cornelia und konnte ihre Tränen nicht mehr zurückhalten.

«Sich für etwas entscheiden ist oft schwer. Da kann ich Ihnen nicht helfen. Entscheiden müssen Sie sich selber! Die Entscheidung darf ich Ihnen nicht abnehmen. Ich weiss nur, dass Jan Sie sehr liebt. Seine ganze Haltung ist glaubwürdig. In ein paar Tagen wird Jan in den Urlaub fahren. Bis dahin haben Sie ja noch Zeit zum Überlegen. Horchen Sie ganz fest in sich hinein und spüren Sie, zu wem es Sie mehr zieht! Während dieser Zeit bleiben Sie am besten für sich allein, um nicht beeinflusst zu werden. Haben Sie Mut! Sie werden sich richtig entscheiden.»

Erleichtert verliess Cornelia das Spital. Nach drei Tagen packte sie ihre Sachen und machte sich auf den Weg ins Spital. *Jan ist im Umgang doch feinfühliger und liebevoller*, dachte sie.

Jan konnte es fast nicht glauben, als Cornelia plötzlich mit einem Koffer vor ihm stand. Beide weinten vor Freude und umarmten sich lange. Die Liebe siegt immer. In diesem Augenblick gaben sie sich das Ja für immer. Schon bald fuhren sie mit einem Taxi davon.

Traue deinem Leben!

Herr Gruber feierte bereits seinen 45. Geburtstag. Er war ein friedliebender, einfacher Mann. Mit Leib und Seele übte er den Beruf als Landwirt aus. Er arbeitete fleissig und erwarb sich ein kleines Heim mit Land. Endlich wurde er selbstständig, was er sich schon lange gewünscht hatte. Richard, so war sein Vorname, hatte es auch tipptopp gemeistert. Trotzdem musste er noch viel lernen. Einzig für die finanziellen Angelegenheiten brauchte er etwas Hilfe.

Richard hatte guten Kontakt mit Herrn Vonderach. Herr Vonderach hatte in seinem Beruf viel mit Geld zu tun. Als Geschäftsmann hatte er Einsicht in Hypotheken und Zinsen. Er verfügte auch über Tricks, mit denen er heimlich noch etwas für sich ergattern konnte. Zudem besass er ein sehr gutes Geschick, auf Menschen zuzugehen. Er liebte aber nicht so sehr die Menschen, sondern vielmehr ihr Geld.

Zufällig trafen sich die beiden Herren im Restaurant Kreuz. Sie plauderten zuerst belanglose Dinge miteinander. Doch bald wurde der Gesprächsstoff heikel.

Herr Vonderach hatte eine Gabe, andere Personen auf eine perfide Art auszufragen. Das Gegenüber stand jeweils plötzlich entblösst da, ohne es vorher zu realisieren. Nun quetschte er Richard Gruber aus. Er bohrte immer tiefer, bis er über Richards Privatsphäre und Vermögenssache Bescheid wusste.

Die beiden Männer sassen also einander gegenüber, scheinbar in gemütlichem Einvernehmen. Das Restaurant war sonst leer. Nur in einer Ecke las ein junger Mann die Zeitung.

«So, Richard, da hast du also die Liegenschaft gekauft», sagte Walter.

«Ja, das freut mich riesig, selbstständig sein zu dürfen», entgegnete Richard.

«Und finanziell kommst du durch?», fragte Walter etwas ungläubig.

«Ja, eigentlich schon. Ich muss nur noch etwas klären wegen den Steuern», antwortete Richard.

«Das ist toll, wie du das schaffst», rühmte ihn Walter. «Wenn du willst, kann ich dir helfen. Du musst mir nur alles genau angeben. Das würde ich gerne für dich tun. Du verdienst es, dass dir jemand hilft», schmeichelte Walter.

«So pressiert es nicht», entgegnete Richard.

«Nur – in zehn Tagen bin ich wieder für längere Zeit im Ausland. So lange kannst du sicher nicht warten!», meinte Walter.

«Nein, so eilig ist es nicht. Es hat wirklich noch Zeit», sagte Richard ausweichend.

«Aber was gemacht ist, ist gemacht. Heute könnte ich mir noch Zeit nehmen. Es wäre doch schade, solltest du etwas versäumen», beharrte Walter auf seiner Idee.

«Ja, das stimmt auch», sagte Richard fast flüsternd. «Willst du gerade mit mir nach Hause kommen?»

Sie schlürften ihren letzten Schluck Kaffee hinunter und machten sich auf den Weg zu Richards neuem Zuhause. Frau Gruber war mit ihren drei Kindern im Garten. Richard ging schnell bis zum Gartenzaun und sprach kurz mit seiner Frau und den Kindern.

Herr Vonderach ging direkt auf die Eingangstüre zu. Er begrüsste Frau Gruber nur so nebenbei und flüchtig.

Richard betrat mit Walter die Stube, die nur spärlich möbliert war. In der Ecke befanden sich aufgestapelte Schachteln. Zuoberst auf den Schachteln lagen Kleider. Die Kleiderschränke fehlten noch. Auch ein Buffet in der Stube fehlte. Es mangelte noch an Vielem. Eine riesige Menge Arbeit gab es, die noch erledigt werden musste. Aber Richard war fest dran.

Eigentlich hatte er alles gut geordnet. Nur wusste er nicht so recht, wie viel er als Darlehen aufnehmen sollte und wie er es anstellen sollte, damit er nicht allzu viele Steuern bezahlen musste.

Walter Vonderach schaukelte das Ganze so raffiniert und hinterlistig, dass er letztlich 10'000 Franken in die Tasche stecken konnte. Das Gespräch verwickelte er derart, dass Richard überhörte, was er genau meinte. Sobald Walter das Geld in der Tasche hatte, handelte er sehr schnell und verabschiedete sich schleunigst.

Als Richard wieder allein in der Stube sass, realisierte er erst so richtig, was genau geschehen war. Er hatte keinen Beleg, keine Quittung und keine Unterschrift. Niemand konnte das Handeln bestätigen oder es bezeugen. *Er wird das Geld schon richtig anlegen, mir zum Besten helfen,* hoffte Richard.

Es vergingen Tage, Wochen und Monate. Richard hörte nichts mehr von Walter. Er bekam auch nie einen Beleg von ihm. Plötzlich, nach gut einem Jahr, folgte eine Rechnung mit dem Zinssatz von diesen 10'000 Franken. Darüber erschrak Richard sehr und war verblüfft. Er ging zum Gericht, um sich beraten zu lassen. Dort fand er wenig Mut und Hoffnung.

«Sie sollten etwas besser aufpassen auf Ihr Geld! Nach einem Jahr ist es sowieso zu spät», wurde ihm mitgeteilt.

Geschlagen und missmutig machte sich Richard wieder auf den Heimweg. In seiner Verzweiflung trank er einen Kaffee-Schnaps mehr als sonst. Etwas essen mochte er nicht, obwohl sich seine Frau viel Mühe gab und ihn zu trösten versuchte. Er machte sich sofort an die Arbeit und fuhr mit dem Traktor auf das Land hinaus. Dort zerlegte er einen gefällten Apfelbaum. Das Hantieren mit der Motorsäge ging gut. Allmählich fand Richard das innere Gleichgewicht wieder. Doch war er noch nicht in bester Verfassung. In seiner Erregung entwickelte er eine ungeheure Kraft. Diese setzte er voll in die Arbeit hinein.

Schon bald waren die Äste auf den Wagen geladen und darauf festgebunden. Wie gewohnt stieg Richard auf den Traktor.

Er liess den Motor an und wollte wegfahren. Da schleuderten die vorderen Räder im nassen Gras und dem anliegenden Bord. Richard wollte die vorderen Räder leicht seitlich steuern. Dazu gab er etwas zu viel Gas. Das vordere rechte Rad wälzte sich über einen Stein, den er nicht gesehen hatte. Der Traktor kippte. Richard nahm einen Sprung aus dem kippenden Traktor und brachte sich in Sicherheit. Kaum landete er auf dem Boden, gab es einen riesigen Knall. Schon umzingelte eine grosse Flamme den ganzen Traktor. Ein Qualm an Rauch verpestete die Luft.

Frau Gruber hörte den Knall und roch Rauch. Sie schaute aus dem Fenster. Sie sah die riesige Rauchwolke und in der Mitte eine Flamme. Blitzschnell alarmierte sie die Feuerwehr. Schon bald waren die Feuerwehr sowie die Polizei an Ort und Stelle. Natürlich war der eine Kaffee, den Richard getrunken hatte, zu viel gewesen. Der Kaffee sollte jetzt an all dem Schuld sein? Das sollte das einzig ausschlaggebende sein bei dieser ganzen Situation? Richard wurde ganz blass. Er wurde gleich zum Gericht mitgenommen.

Nun sass er zum zweiten Mal da und wurde verhört.

Der Gerichtsanwalt fragte: «Wollen Sie etwa unselbständig werden? Ich muss für Sie einen Vormund suchen. Sie sind dem Leben nicht gewachsen. Das geht nicht so.»

Herr Gruber sagte: «Ich war einfach wütend heute morgen. Ich wurde bestochen und belogen mit den 10'000 Franken. Es kann doch niemals sein, dass er mein Geld hat und ich ihm noch Zinsen zahlen muss. Sie helfen Herrn Vonderach statt mir. Ich verstehe es nicht. Oder stehen Sie selbst auf Herrn Vonderachs Seite? Zuhause konnte ich das Essen nicht anrühren. Es ekelte mich an. Dafür hatte ich riesigen Durst. Da trank ich eben Kaffee. Aber zwei Kaffee-Schnaps ergeben noch keinen Rausch. Ich war nicht betrunken.»

«Ja, das Ganze ist wohl noch nicht abgeschlossen. Ich schaue gleich, ob Herr Vonderach erreichbar ist», sagte der Anwalt und wählte Vonderachs Nummer.

«Vonderach, wer ist da?», tönte es von der anderen Seite.
«Ja, da ist das Gerichtskomitee»
«Wer?»
«Das Gerichtskomitee. Könnten Sie sofort vorbeikommen?»
«Ich habe nichts mit Ihnen zu tun.»
«Das von heute Morgen erweist sich als nicht erledigt», betonte der Anwalt. «So wie es aussieht, haben Sie Herrn Gruber betrogen.»
«Ich habe Ihnen alles genau erklärt. Ich weiss nicht, warum ich vorbeikommen soll», sprach Herr Vonderach energisch.
«Ich will und muss es so haben, und zwar sofort! Haben Sie verstanden? Sonst lasse ich Sie von der Polizei abholen.»

Wütend betrat Herr Vonderach den Gerichtssaal.

Der Anwalt fragte Herrn Vonderach: «Wie ist es mit den 10'000 Franken genau gelaufen?»

Herr Vonderach konnte nichts sagen. Er blickte verstohlen zu Herrn Gruber hinüber.

«Herr Gruber, erzählen Sie, was überhaupt los ist!»

Herr Gruber erklärte, wie sie im Restaurant Kreuz gesessen waren. «Herr Vonderach fing an mich auszufragen und wollte über alles Bescheid wissen, vor allem auch über meine finanzielle Angelegenheit.

Sobald sein Interesse befriedigt war, wollte er zu mir nach Hause kommen, um mir zu helfen. Zuhause redete er so auf mich ein und im Durcheinander. Ich muss etwas überhört haben. Er sprach von Geld Anlegen und Zinsen und allerlei. Sobald er das Geld in der Tasche hatte, handelte er sehr schnell. Er machte sich auf zum Gehen und verabschiedete sich flüchtig.

In der Wohnung war sonst niemand. Ich hatte keine Unterschrift, keinen Beleg und keine Zeugen. Wie ein geschlagener Hund stand ich da. Bis jetzt hoffte ich immer, dass Herr Vonderach mein Geld richtig verwaltet. Das ist ein schlechter Freund und Anwalt, der mein Geld so veruntreut und mich beraubt.»

«Herr Vonderach, Sie müssen Herrn Gruber das Geld bis morgen erstatten. Dazu 300 Franken für den Zins und den Zeitaufwand von Herrn Gruber! Die Gerichtskosten fallen auf jeden Fall auch auf Sie.»

Herrn Vonderach war es nicht mehr wohl. Mühsam kramte er das Geld aus seiner Jackentasche, mit einem verstohlenen und bitterbösen Blick. Er wollte nicht noch einmal vorbeikommen. Er wollte es erledigt haben. Es stand so viel auf dem Spiel. Noch viel Übles hielt er geheim und versteckt. Widerwillig schlug er das Geld mit der Faust auf den Tisch und eilte mit Schimpfen und Fluchen aus dem Gebäude.

«Herr Gruber, lassen Sie das Geld hier! Sie können das Geld morgen holen und es direkt zur Bank bringen! Sie dürfen nicht so viel Geld zuhause haben! Das ist viel zu gefährlich. Ich werde Sie jetzt mit dem Auto nach Hause bringen. Es ist mir zu riskant. Nach dem Wutausbruch von Herrn Vonderach könnte Ihnen ja draussen oder auf dem Heimweg etwas zustossen. Das will ich vermeiden.

Und Sie Herr Gruber, telefonieren Sie mir sofort oder der Polizei, wenn Sie irgendwie die kleinste Gefahr wahrnehmen! Die ganze Geschichte gefällt mir nicht.»

Herr Gruber bedankte sich beim Richter.

Nach der Heimkehr gab Herr Gruber der Versicherung sofort Bescheid. Er hatte den Traktor sehr gut versichert. Dieser hatte natürlich Totalschaden. Trotzdem wurde der Schaden für Herrn Gruber nicht allzu gross. Da war er sehr dankbar. Das Ganze war eine riesig grosse Lehre für ihn. Beim Arbeiten wurde er viel vorsichtiger und achtsamer. Die Ehrlichkeit war, ist und bleibt der beste Weg.

Geräuschlos glitt der Nachtzug durch die Halle

Herr Kessler war in Irena verliebt. Aber schon längere Zeit hatte er nichts mehr von ihr gehört. Immer wieder rief er sie an. Jedesmal kam die Meldung: «Im Moment werden keine Gespräche entgegengenommen.»

Was ist mit Irena los? Das ist doch nicht ihre Art. Täuschte ich mich so? Wieder versuchte Herr Kessler zu telefonieren. Diesmal hatte er Erfolg.

«Ja, Kündig», tönte es von der anderen Seite.

«Hoi, Irena. Wie geht es dir, mein lieber Schatz? Hast du mich vergessen?»

«Ach, du bist es», sagte Irena etwas verlegen.

«Ich habe sicher über fünfzig Mal versucht, dich zu erreichen. Wo warst du?», fragte Alex.

«Es war so viel los. Ich war fast die ganze Zeit im Geschäft. Am Abend brauchte ich oft meine Ruhe. Ich bin sehr müde und erschöpft», klagte Irena mit jämmerlicher Stimme.

«Komm doch zu mir! Lass die Sachen liegen! Du hast dich doch immer so gut erholt bei mir. Komm, ruhe dich bei mir aus! Es würde mich riesig freuen. Wir könnten das Wochenende zusammen verbringen. Du kannst ja schon am Freitagabend kommen», bot Alex Irena an.

«Ja, das wäre etwas», sagte Irena beklommen.

«Schau, dass du um sieben Uhr in Zürich bist!», schlug Alex vor.

«Nein, ich sage lieber halb acht», sagte Irena.

«Also, ich bin dann auf dem Bahnhof. Ich freue mich riesig. Tschau Schatz!»

Irena war weniger begeistert. «Ich freue mich auch», hauchte sie ins Telefon und legte den Hörer auf.

Ich kann doch nicht weggehen. Was soll ich Christof sagen? Wo wohnt Christof überhaupt? Ich war noch nie bei ihm. Er ist immer bei mir. Seit der ersten Nacht, wo wir uns kennenlernten, wohnt er bei mir. Irena blieb beim Telefon stehen und starrte ins Leere. Sie war ganz durcheinander. *Liebe ich Alex, oder liebe ich ihn nicht? Christof –* Stoffi nannte sie ihn *– ist doch besser zu mir. Er ist hübsch und elegant.*

Irena realisierte nicht, dass Stoffi ein Lügner war. Er besass kein Geld. An einer Stelle blieb er immer nur kurze Zeit. Hingegen mit seinem Charme und seiner Eleganz erreichte er alles, auch Geld. Irena war eingenommen von seiner schönen Figur, seinen schönen Worten und dem vordergründigen Aufgestelltsein. Als Irena so vor sich hinstarrte und nachdachte, läutete es. Stoffi betrat die Wohnung. Er hatte ja den Schlüssel. Er läutete jeweils ein Mal und trat ein.

«Was ist mit dir los? Hast du geweint? Du bist ja ganz blass.» In diesem Moment fing Irena an zu heulen. Stoffi nahm sie in die Arme und drückte sie an sich. «Sobald du dich erholt hast, kannst du mir erzählen, was los ist.»

«Ich muss am Freitagabend wegfahren. Ich habe ein wichtiges Gespräch», erklärte Irena.

«Was ist passiert?», fragte Stoffi.

«In der Familie ist etwas. Die Eltern wollen, dass ich komme», entgegnete Irena.

«Soll ich dich hinfahren?», fragte Stoffi.

«Nein, danke. Ich möchte mit der Bahn gehen. So habe ich etwas mehr Ruhe», lehnte Irena ab.

Irena war nicht mehr fähig, das Nachtessen bereitzumachen. *Warum habe ich Stoffi angelogen? Ich darf doch noch andere Kontakte pflegen. Schon Alex habe ich angelogen.* Sie schämte sich und verzog sich ins Zimmer.

Stoffi war hungrig und suchte sich das Beste aus dem Kühlschrank. «Willst du auch ein Steak?», rief er ins Zimmer.

«Nein, danke. Gar nichts.»

«Soll ich deinen Eltern sagen, dir sei es nicht möglich zu kommen?»

«Das kann ich selber tun, sollte es nötig werden», versicherte Irena.

«Darf ich hier bleiben, solange du weg bist?», fragte Stoffi.

«Das habe ich noch gar nicht überlegt. Du hast mir nie erzählt, wo du wohnst.»

«Hättest du mir vielleicht tausend Franken?», bettelte Soffi.

«Tausend Franken – wofür?», fragte Irena.

«Damit ich in diesen Tagen etwas unternehmen kann», meinte Stoffi.

«Aber nicht ohne mich», erwiderte Irena energisch.

«Doch», sagte Stoffi.

«Nein, du gehst nicht allein fort mit meinem Geld!», sagte Irena.

«Wenn du mir gehörst, gehört auch dein Geld mir», entgegnete Stoffi selbstsicher.

Irena wurde stutzig. *Den Schlüssel hat er. Den kann ich ihm jetzt nicht wegnehmen.* Plötzlich beschlich Irena Angst. Sie versuchte die Wertsachen abzuschliessen. *Er braucht nicht zu wissen, was ich habe und wo ich es habe*, dachte Irena. Eine Schachtel verbarg sie unter dem Bett. *Ich kann ihm die Wohnung nicht überlassen.*

Plötzlich trat Stoffi ins Zimmer. «Was schleichst du im Zimmer umher? Ich glaubte, du seist im Bett», fragte Stoffi vorwurfsvoll.

«Ich richtete noch ein paar Sachen für morgen», antwortete Irena.

Beide gingen ins Bett. Stoffi gab sich schlafend. Irena traute sich nicht, ein Auge zu schliessen. Sie beobachtete Stoffi.

Nein, morgen kann ich nicht wegfahren. Ich gehe auf Umwegen in meine Wohnung, gleich nach der Arbeit. Aber was ist denn, wenn er kommt und ich in der Wohnung bin? Ich stecke den

Schlüssel ganz ins Schloss. So kann er nicht hereinkommen. Beim geringsten Verdacht rufe ich sofort die Polizei an. Dieser Gedanke gefiel Irena. *Aber ich muss am Morgen früher aus dem Haus als Stoffi. Kann ich ihm die Wohnung überlassen?* Irena wurde immer unruhiger. Sie bekam ein ganz eigenartiges Gefühl, etwas Unbekanntes, das sie nicht beschreiben konnte. Mit den anderen Personen im Haus hatte sie nur wenig Kontakt.

Es wurde drei Uhr, dann vier Uhr, und Irena schlief noch nicht. Auch Stoffi war mehr wach, als dass er schlief. Er wollte Geld und dem Vergnügen nachgehen. Er wollte sich eine neue Hose kaufen und eine tolle Jacke. *Nachher gehe ich an den Strand. Dort hat es immer schöne Frauen,* überlegte er.

Um halb sechs Uhr stand Irena auf und duschte sich. In dieser Zeit ging Stoffi schnell aus dem Bett und suchte Irenas Handtasche. Bald fand er die Handtasche auf dem Stuhl unter den Kleidern. Schnell nahm er sie und huschte wieder ins Bett. Er drehte sich auf die Seite gegen die Wand. So konnte er die Tasche unbemerkt durchsuchen. Zweihundert Franken fand er. Schnell nahm er das Geld und legte die Tasche wieder auf den alten Platz zurück. Er hoffte, noch mehr Geld zu finden.

Nach dem Duschen machte sich Irena einen Kaffee. Dazu nahm sie nur ein kleines Stücklein Brot. Sie hatte keinen Appetit. Es wurde ihr immer ungemütlicher. Sie getraute sich fast nicht, die Wohnung zu verlassen. Endlich hatte sie den Mut zu gehen. Stoffi sass auf dem Bettrand. Irena sagte ihm Tschüss.

Stoffi lächelte verlegen. «Tschau, Irena», sagte er und stand auf. Er machte ein paar Schritte auf Irena zu, wendete sich aber abrupt ab und ging gegen das Fenster. Irena schaute nochmals zurück, bevor sie hinter der Tür verschwand.

Im Büro konnte sich Irena nicht konzentrieren.

Etwas stimmt nicht mit Irena. Sie ist so verändert, dachte Märy, die Kollegin von Irena. «Irena, geht es dir nicht gut? Du bist so blass», fragte Märy.

«Ich kann nicht arbeiten. Ich muss wieder nach Hause gehen.»
«Soll ich dich begleiten? Oder soll ich ein Taxi bestellen?», fragte Märy.
«Ja, vielleicht wäre es gut, könnte jemand mit mir kommen», entgegnete Irena.
«Im Moment steht nicht so viel Arbeit an. Ich bring dich doch mit dem Auto schnell nach Hause», sagte Märy.
Zuhause angekommen, konnte Irena die Wohnungstüre nicht aufmachen. Sie telefonierte sofort der Polizei, denn sie ahnte nichts Gutes. «Märy, bleib bitte noch hier, bis die Polizei kommt! Ich habe Angst.»
Die Polizei kam bald und machte die Türe auf. Eine Kommode war schon aufgebrochen. Soffi versteckte sich in der Dusche. Er hätte nie gedacht, dass Irena so früh heimkommen könnte. Als Irena mit der Polizei im Schlafzimmer war, wollte Stoffi gerade davonschleichen. Aber Märy versperrte die Türe und stellte sich vor Stoffi hin. Die Polizei nahm Stoffi fest. Er musste gleich alles hinlegen, was er eingepackt hatte. Insgesamt hatte er 500 Franken und etwas Wertsachen gestohlen. Die Polizei nahm Stoffi gleich mit.
Irena zitterte am ganzen Leib und musste sich übergeben. Märy brachte Irena ins Spital auf die Notfallstation, wo sie sofort untersucht wurde. Da ging Märy zurück an die Arbeit.
Irena hatte einen Schock.
«Sie müssen sicher bis am Abend hier bleiben», sagte der Arzt. «Haben Sie zuhause jemand, der zu Ihnen schauen kann?», fragte der Arzt.
«Nein, ich bin allein», entgegnete Irena. «Vielleicht könnten mich meine Eltern abholen.»
«Wir müssen schauen, ob wir Sie bis am Abend entlassen dürfen. Besser wäre es, Sie könnten die Nacht im Spital verbringen!», meinte der Arzt. «Sie sind erschöpft und hatten einen Schock.»

Wirklich, Irena konnte das Spital am Abend nicht verlassen, ihr Zustand liess es nicht zu. An die Abmachung mit Alex dachte Irena nur ganz kurz und flüchtig. Sie war so von sich selber eingenommen und konnte nicht im Geringsten ahnen, was es mit Alex machte und welche Gefühle sie in ihm mit ihrem Schweigen auslöste.

Alex wartete jeden Zug ab. Er blieb bis Mitternacht auf dem Bahnhof. Er schritt zu jedem Peron und schaute überall nach, ob Irena irgendwo zu finden sei. Mit jeder ankommenden Bahn hatte er neue Hoffnung, aber jedes Mal vergebens. Es war für Alex eine riesige Enttäuschung. Seine Hoffnung sank und sank. Geschlagen machte sich Alex nach Mitternacht auf den Heimweg. Der Schmerz und die Enttäuschung waren sehr gross, und das Gehen machte ihm Mühe. Plötzlich musste Alex weinen.

Zuhause angekommen, setzte sich Alex in einen Sessel, das heisst, er liess sich eher in den Sessel fallen. Der schön gedeckte Tisch blieb unberührt. Das Telefon mochte er nicht anschauen. Es war eine Lüge, die durch das Telefon sprach. *Ich ertrage diese Lüge nicht mehr.* Er fühlte sich zum ersten Mal in seinem Leben so allein, grauenhaft einsam. Seine Eltern waren weit, weit weg. *Wo sind die Eltern wohl,* fragte sich Alex. *Ja, ich musste mich viel allein durchs Leben kämpfen. Aber ich fühlte mich noch nie so einsam, so verloren und enttäuscht.*

Bitterkeit und Groll wollten in Alex aufkommen. *Aber nein, das will ich nicht. Nichts Böses soll sich in mir einnisten! Vielleicht ist Irena wirklich etwas zugestossen. Oder es steht eine höhere Macht dazwischen? Vielleicht muss nicht Irena meine Frau werden.*

Alex wurde sehr müde. Er wollte aber nicht ins Bett gehen. Um drei Uhr morgens wurde es Alex etwas kühl. Da legte er sich doch ins Bett. Bald konnte er schlafen, aber nur oberflächlich. Um sieben Uhr erwachte Alex wieder. Er stand auf und machte sich einen Kaffee.

Nachher wollte er Irena einen Brief schreiben. Alex wollte die Wahrheit wissen. *Sollte Irena einen anderen Mann lieben, darf sie es. Aber ich will nicht so belogen und betrogen werden.* Das Schreiben wollte nicht klappen. Alex fand einfach keine Worte und keine Gedanken, die Klarheit brachten.

Alex stand auf, zog sich eine Jacke an und machte sich auf den Weg. Er marschierte einfach. Plötzlich kam eine Verzweigung. Der eine Weg ging talwärts gegen das Dorf, der andere Weg führte bergwärts. Alex ging bergwärts. Er genoss die Stille, das Einssein mit sich selber. Er konnte seinen Gedanken nachgehen oder überhaupt nichts denken. Er lauschte auf das Singen der Vögel, das Summen der Bienen, das Abrollen seiner Schuhe auf dem Weg, auf das Plätschern des Baches und vieles mehr. Vor allem wollte er auf sich selbst hören, auf seine innere Stimme lauschen. Oft ist es schwer, die innere Stimme wahrzunehmen in den vielen, vielen Stimmen.

Wohin führt mein Weg? Welcher Weg ist für mich bestimmt?, fragte sich Alex. Oft wissen wir den Weg nicht. Wir müssen ihn gehen im Vertrauen, im Vertrauen, dass wir geführt werden. Bei jeder Weggabelung müssen wir uns wieder neu entscheiden.

Nach zwei Stunden Marsch kam ein kleines Bergrestaurant. Dort trat Alex ein. Er hatte Durst und bestellte ein Glas Wasser und einen Kaffee. Es wurde ihm noch ein Frühstück angeboten, was er sehr gerne annahm. Auf einmal fühlte sich Alex hungrig. Der Kaffee schmeckte herrlich.

«Sie sind schon recht früh dran», sagte die Serviertochter, eine hübsche, aufgestellte junge Frau.

«Ja, ich musste an die frische Luft gehen. Der Spaziergang war herrlich. Es tat mir gut, die Stille und das Alleinsein», entgegnete Alex.

«Am Morgen haben wir auch etwas Zeit, mit den Leuten zu reden. Am Mittag ist es oft hektisch. Ich stehe am Morgen immer etwas früher auf, um die Stille wahrzunehmen. Ich geniesse das Aufbrechen des neuen Tages. Es mag dann kommen, was will. Ich lege alles in diesen Tag hinein. Der Tag möge gesegnet sein. Am Abend bin ich viel zu müde, um noch lange zurückzuschauen, Fehler machen wir alle. Aber die Dankbarkeit möchte ich nie vergessen», sprach die Serviertochter und strahlte dabei so viel Vertrauen aus.

Alex fühlte sich plötzlich wie in einer anderen Welt. *Warum spricht diese Frau so mit mir?* Er fühlt sich von ihr angezogen.

«Sind Sie immer hier?», fragte Alex die Frau.

«Eigentlich schon. Ich gehe jede Woche einmal ins Dorf. Manchmal auch zweimal in der Woche. Das Meiste kauft der Wirt mit seiner Frau ein. Ich suchte mir eine Stelle, wo ich etwas Abstand gewinnen konnte. Hier habe ich das gefunden und werde auch mich selbst wieder finden.»

Alex dämmert es immer mehr. *Ist sie in der gleichen Lage wie ich?* «Sie sind so offen zu mir. Darf ich fragen, wie Sie heissen?»

«Ich heisse Linda Berger. Und Sie?»

«Ich bin Alex Kessler, und es freut mich riesig, dass ich Sie kennenlernen durfte. Ich gehe jetzt langsam wieder nach Hause. Ich werde bald wieder kommen.»

«Jeweils am Mittwochvormittag bin ich nicht da», sagte Linda.

«Ich werde am Wochenende wieder zum Frühstück kommen. Das Frühstück war herrlich. Ihre lieben Worte werden noch lange in mir nachklingen. Vielen, vielen Dank.» Alex verbeugte sich vor Linda. Er sprach mit Begeisterung: «Ich freue mich riesig auf das Wochenende.»

Alex zehrte noch lange von Lindas Worten und hörte sie immer wieder in seinen Ohren und in seinem Herzen. Zuhause angekommen, liess er den gedeckten Tisch immer noch unberührt. Er suchte sich schöne Musik und ein Buch und machte es sich gemütlich.

Irena wurde gegen zehn Uhr von ihren Eltern im Spital abgeholt. Als sie zuhause ankamen, erzählte Irena den Eltern, wie alles so gekommen war und was sie erlebt hatte. Sie sagte, sie könne nicht wieder in diese Wohnung einziehen.

Da gerade eine andere Wohnung zur Verfügung stand, ganz in der Nähe der Eltern, sagten die Eltern zu ihrer Tochter: «Nimm doch diese Wohnung! Du darfst ja sowieso noch nicht arbeiten! In der nächsten Woche können wir dir beim Zügeln helfen.»

Die Eltern fragten Irena: «Du hattest doch einen anderen Freund? Wo ist er? Hast du ihm Bescheid gesagt?»

Irena wurde ganz blass. Sie schämte sich und brachte kein Wort hervor.

Ihre Eltern hatten Angst um ihre Tochter. «Irena, sag uns doch, wie es so kam! Wir wollen dir nur helfen.»

Endlich sagte Irena: «Ich habe mich so getäuscht mit Stoffi. Nachher hatte ich nicht mehr den Mut, Alex die Wahrheit zu sagen. Nach dem Telefon mit Alex ging alles so schnell. Alex wollte mich zum Wochenende einladen. Aber ich hatte nicht den Mut, zu sagen, dass Stoffi bei mir war. Christofs Eleganz und Schönheit verdrehten mir den Kopf. Ich war verknallt in Stoffi. Wie konnte ich nur so dumm sein? Es tut mir so leid. Stoffi wollte dann Geld von mir. Damit wollte er ein schönes Wochenende verbringen. Ich bekam furchtbar Angst und konnte nicht mehr schlafen. Ich getraute mich nicht, Stoffi die Wohnung zu überlassen. Ich hätte ihn nicht mit in meine Wohnung nehmen sollen.»

«Sollen wir mit Alex einmal sprechen?», fragte die Mutter.

«Oh ja. Da wäre ich sehr froh», entgegnete Irena erleichtert. Ein Stein fiel ihr vom Herzen.

Gegen 14 Uhr läutete das Telefon bei Herrn Kessler. Er nahm das Telefon entgegen. Frau Schwarzmann, die Mutter von Irena meldete sich.

«Ah, Sie sind es?», fragte Alex. «Wo ist Irena?»

«Es ging ihr in den letzten Tagen nicht so gut. Sie musste auch ins Spital.»

«Warum telefoniert sie nicht selber?», fragte Alex. «Ich hätte ja Irena im Spital besuchen können.»

«Sie getraute sich nicht», erklärte die Mutter.

«Da stimmt doch etwas nicht. Ist denn Irena noch so unselbständig? Bitte, sagen Sie Irena einen lieben Gruss! Sie kann sich bei mir melden, wenn sie will. Ich allerdings brauche jetzt etwas Zeit. Ich ertrage es nicht, belogen zu werden. Ich denke, Irena muss noch viel lernen. Sie muss noch reifer werden. Ich glaube nicht, dass sie meine Frau werden kann, so leid es mir tut. Ich habe bis Mitternacht auf sie gewartet auf dem Bahnhof. Der Tisch ist immer noch gedeckt und unberührt. Auch ich bin ein Mensch und habe Gefühle. Ich wünsche Ihnen und Irena alles Gute und Irena gute Besserung. Lebt wohl!»

Alex hängte den Hörer auf. Er machte sich nochmals auf den Weg zum Bergrestaurant. Er braucht wieder aufbauende Worte, eine Stimme, die es ehrlich und gut meinte mit ihm.

Linda freute sich riesig. Sie schenkte Alex den Kaffee.

«Weisst du, Linda, ich hatte ein Telefon, das mich traurig machte mit einer enttäuschenden Vorgeschichte. Das verletzte mich so sehr. Ich brauche liebe Worte, die mir helfen und mich aufbauen. Ich ertrage es nicht, belogen zu werden. Du hast mich am Morgen so gestärkt mit deinen lieben Worten.»

Linda nahm die Hand von Alex und sagte: «Schön, dass du gekommen bist. Weisst du, Gott hat seine Wege mit uns Menschen, und wir werden geführt von Ihm, von seiner Liebe. Du wirst wieder Kraft bekommen. Von nun an werde ich immer an dich denken. Am Wochenende sehen wir uns ja wieder. Ich habe sofort gespürt, dass du ein Leid trägst. Nur wer selbst gelitten hat, vermag andere zu verstehen. Ich glaube, wir zwei können einander viel helfen.»

Alex wischte sich eine Träne ab. «Linda, ich kann dir nur danken. Komm doch am Mittwochvormittag bei mir vorbei. Ich habe noch etwas Überzeit zugute. Eine Stunde kann ich dir schon widmen. Das würde mich riesig freuen.»

Linda strahlte mit ihrem ganzen Gesicht. Freudig nahm sie das Angebot an. «Lass die Adresse hier auf dem Tisch!», bat sie Alex. «Ich muss jetzt zu den anderen Gästen, aber du bist fest bei mir. Komm gut nach Hause. Ich danke dir von Herzen für dein Kommen.»

Alex ging erleichtert nach Hause. Aber Schmerzen und Wunden können nicht einfach so weggeblasen werden. Sie müssen heilen und brauchen Zeit.

Die gemeinsamen Stunden zwischen Linda und Alex wurden immer schöner, intensiver und tiefer.

Irena hatte noch zu kämpfen. Alex war ihr irgendwie weit weg. Aber Stoffi liebte sie. *Wie konnte ich nur auf den Schein hereinfallen?* Irena ging ins Büro. Sie bedankte sich bei Märy. Sie sprach über alles mit Märy.

Märy erklärte Irena: «Schau, so müssen wir alle lernen und Erfahrungen machen und oft auch viel einstecken, die Einen mehr, andere weniger. Es hätte noch viel schlimmer herauskommen können. Eigentlich kannst du nicht genug danken. Wärst du nicht gleich nach Hause gebracht worden, würde das Ganze noch viel schlimmer sein. Habe Vertrauen! Du wirst sicher einen guten Mann finden. Aber jetzt musst du dir etwas Zeit lassen!»

In tiefer Dankbarkeit verabschiedet sich Irena von Märy.

Das Kind als Schmetterling

Es war einmal eine Frau, die weit entfernt vom Dorf wohnte. Ihr Mann arbeitete auswärts und verdiente viel Geld. Der Mann war aber geizig und kümmerte sich nicht um seine Frau. Er schaute nur für sich.

Die Frau musste zuhause die Arbeit allein erledigen. Sie hatte Schafe, für die sie sorgen musste. Die Frau gab den Schafen Futter und schaute für saubere Liegeplätze. Sie musste auch heuen. Mit einer Karette führte sie das Heu in die Scheune für den Winter. Es gab auch viel Holz am Waldrand, das die Frau in die Scheune tragen musste. Der Winter war immer lang und kalt. Da musste das Holz brennen im Ofen und Wärme abgeben, damit es etwas heimeliger wurde in der Wohnung.

Gerne hätte die Frau einen Esel gehabt. Der Esel hätte ihr helfen können, das Holz nach Hause zu schleppen. Er wäre zugleich ein guter Wächter für die Schafe gewesen. Aber das Geld, um einen Esel zu kaufen, fehlte der Frau. Ihr Mann wollte davon nichts wissen. So gab es keine Veränderung. Es blieb alles beim Alten.

Obwohl die Frau sehr arm war, kochte sie reichhaltig und gut. Sie schaute auf Vitamine. Im Garten hatte sie viel Gemüse. Jeden Tag gab es frisches Gemüse und frischen Salat. Für den Winter machte die Bäuerin Gemüse bereit zum Einfrieren. So waren die Tage ausgelastet mit viel Arbeit.

Das Haus der Frau war sehr alt, über zweihundert Jahre alt. In all den Jahren war fast nichts erneuert worden. Das Haus war am Zerfallen. Bei starkem Regen tropfte es bis in die Küche herunter. Am schlimmsten war es in der Scheune. Da musste die Frau viele Kübel unterstellen, um das Regenwasser aufzufangen. Alles erschwerte das Arbeiten der Frau. Oft war sie so erschöpft und sah keinen Ausweg mehr.

Die Frau stutzte jedes Mal, wenn die Leute vom Dorf kamen und sagten: «Oh, haben Sie es schön.» *Meinen es die Leute ernst oder lügen sie? Sagen sie es nur, damit ich ihnen ihre Ware abkaufe?*, dachte die Frau. Ja, um zum Fenster hinauszuschauen, war es schon schön. Ruhe und Stille konnte man auch geniessen. Die Schafe machten ja keinen Lärm. Aber zum Leben sah es ganz anders aus.

Es warf der Bäuerin Fragen auf. *Bin ich denn so unzufrieden?* Oft musste sie weinen, weil sie mit ihrem Innern nicht mehr zurecht kam. *Ja, die Leute sollen reden was sie wollen. Wir sehen wohl in ein Haus, in eine Wohnung, aber nicht das, was alles dahinter ist und was alles damit verbunden ist, so wie wir einen Menschen sehen, aber nicht in ihn hinein*, dachte die Frau.

Eines Tages, als die Schafhüterin wieder so erschöpft und traurig war, dachte sie: *So kann es nicht mehr weitergehen.* Sie hatte eine Idee und setzte sie gleich um. Mit all ihrer Liebe und Hingabe fing sie an, Brote und Kuchen zu backen. Den Backofen verstand die Bäuerin sehr gut, und das Backen war ihr grösstes Hobby.

Im Estrich stand noch ein gut erhaltener Schrank. Der Schrank war leicht. Die Frau nahm vom Schrank die Türen ab. Somit vermochte sie den Schrank mit all ihrer Kraft auf den Platz vor das Haus zu bringen. Sie hatte auch noch einen grossen, weissen Vorhang. Der Vorhang passte genau, um die Öffnung abzudecken. Der Stoff war dünn und durchsichtig, richtig ideal, fand die Bäuerin. Somit ist doch das Gebäck geschützt vor unerwünschten Gästen wie Vögeln, Mäusen, Fliegen und vielem mehr. Schnell reinigte die Frau den Schrank und befestigte den Vorhang. Die Tablare belegte sie mit weissen Tüchern.

Freudig holte die Bäuerin die ersten Brote aus dem Ofen. Sie rochen wunderbar und sahen sehr gut aus. Sie legte die Brote in den Schrank. Dabei empfand sie eine tiefe, innere Freude.

Bald waren auch die ersten zwei Kuchen im Schrank auf dem Vorplatz.

Es verging der erste Tag, und auch der zweite und der dritte Tag vergingen. Aber niemand hatte etwas gekauft. Ein Mädchen beobachtete es. Auch seine Mutter wollte nichts kaufen.

«Ich kann selber backen», sagte die Mutter fast vorwurfsvoll. Das Kind wurde traurig.

Als die Mutter mit ihrer Tochter Laura zuhause ankam, wollte Laura draussen noch spielen. Es nahm seinen Rucksack mit hinaus. Auf dem Estrich war noch ein alter, schwarzer Hut mit einem zehn Zentimeter breiten Rand. Diesen Hut holte Laura, ohne dass es die Mutter sah. Statt zu spielen, begab sich Laura, so schnell sie konnte, auf den Hof zur Frau.

Die Schafhüterin nahm die Backwaren in die Wohnung. Zwei Brote und zwei Kuchen legte sie auf das Fenstersims, denn sie gab die Hoffnung nicht auf.

Laura fand den leeren Schrank vor. Sie schlich am Haus entlang. Um die Ecke roch es herrlich nach frischen Broten. Behutsam nahm Laura die Brote und legte sie sorgfältig in den Rucksack. Auch ein Kuchen hatte noch Platz. Ein Kuchen fand Platz im Hut. Den Rucksack trug Laura auf der Brust und dem Bauch. Den Hut legte sie auf den Rücken und band ihn vorne um den Rucksack fest.

«Hinunter kann ich ja fliegen. Ich habe es doch gelernt», sagte Laura zu sich selbst. Schnell nahm Laura einen Sprung in die Höhe und flog nach Hause. Mit der roten Mütze, den roten Schuhen, dem gelben Rucksack auf dem Bauch dem blauen Halsband und dem schwarzen Hut sah sie wirklich aus wie ein riesig grosser Schmetterling. Der grosse Hut half beim Fliegen. Der grosse Rand trug das Gewicht und half beim Gleiten.

Zuhause versteckte Laura alles in der Spieltruhe vor dem Haus. Sie kam gerade rechtzeitig zum Abendessen. Während dem Abendessen überlegte Laura, wie sie die Backwaren verkaufen konnte. *Die Mutter geht ja immer nach dem Abendessen für eine Stunde einer Arbeit nach …*

Zuerst machte Laura die Hausaufgaben. Sie durfte das Haus ja nicht verlassen. Sie durfte auch niemandem die Tür öffnen. Sie ging auf den Balkon. *Wenn ich da hinunter fliegen könnte?* Aber das getraute sie sich nicht. Sie hätte auch gesehen werden können.

Als die Mutter fort war, entdeckte Laura eine andere Möglichkeit. Die Tür zum Keller konnte auch geschlossen werden. So nahm Laura den Hut und den Rucksack, schloss die Kellertüre und nahm den Schlüssel ab. Sie schlich durch den dunklen Keller. Die Kellertüre zog sie fest zu, aber nicht ganz ins Schloss. Das fiel niemandem auf. Schnell eilte sie aus dem Dorf. Ausserhalb vom Dorf machte sie sich für das Fliegen bereit und flog in die Stadt. Kaum war sie in der Stadt, hatte Laura schon alles verkauft. Die Leute gaben ihr noch mehr Geld als nötig. Mit dem Fliegen reichte die Zeit noch, um der Schafhüterin das Geld zu bringen.

Da lagen wieder zwei Brote und zwei Kuchen auf dem Fenstersims. Laura packte das Gebäck wieder ein. Sie legte das Geld hin und flog, so schnell sie konnte, wieder nach Hause und versteckte die Sachen wieder. Kaum hatte Laura sich das Pyjama angezogen, kam die Mutter nach Hause. Wie immer verbrachten sie noch kurze Zeit miteinander.

Am Morgen machte sich Laura früher auf den Schulweg. Eilig ging sie aus dem Dorf und flog wieder in die Stadt. Die Backwaren konnte sie wieder sehr schnell verkaufen. Hurtig flog sie wieder bis zum Dorf. Dort verpackte die den Hut im Rucksack und ging zu Fuss in die Schule. Sie wollte und durfte nicht auffallen.

Das machte Laura jetzt jeden Tag. Statt zu spielen, ging sie schnell auf den Hof zur Schafhirtin. Sie brachte das Geld und packte Brote und Kuchen ein.

Am Abend, wenn die Mutter fort war, ging auch sie fort und verkaufte den Leuten in der Stadt Brote und Kuchen. Alle, die vom Brot und dem Kuchen assen, wurden viel glücklicher und gesünder. Auch Laura bekam oft ein Stück Brot oder Kuchen. Darauf bekam sie eine riesige Begeisterung und Freude. Das Fliegen ging immer besser und schneller.

Wie ein Lauffeuer ging es in der ganzen Stadt herum, wie gut das Brot und der Kuchen schmeckten. Die Leute spürten, wie es ihnen besser ging. Sie wurden viel ausgeglichener und glücklicher. Sie wurden auch gesünder. Immer mehr Menschen wollten von dem Gebäck haben. Die Leute fragten Laura, von wo sie die Brote und den Kuchen hatte. Laura verriet ihnen den Weg auf den Hof.

Bald konnte die Bäuerin nicht mehr genug Brote und Kuchen backen. Der Ofen wurde zu klein. Sie brauchte einen grossen Backofen. Ein Mann aus der Stadt besorgte für die Frau einen grossen Ofen. Der Mann brachte mit seinem Kollegen den Backofen sogar auf den Hof. Sie machten den Ofen auch betriebsbereit und schauten, dass die Sicherheit gewährleistet war. Die Frau hatte jetzt genug Geld, um den neuen Backofen zu bezahlen. Auch die beiden Männer bekamen einen schönen Batzen, obwohl sie nichts wollten.

Als der Ofen fertig installiert war und die ersten Brote wunderbar gebacken waren, liefen der Bäuerin Tränen der Freude über die Wangen. Aus Dankbarkeit brachte sie selbst den Schafen vom Brot, das sie zuvor auf dem Ofen getrocknet hatte. Selbst den Schafen ging es besser.

Immer mehr Leute kamen auf den Hof. Sie wollten vom Brot und vom Kuchen haben, damit auch sie glücklich und gesund werden würden. Sie halfen einander und liebten sich gegenseitig.

Die Menschen aus der Stadt sahen auch die alte Hütte, in der die Frau leben musste. Sie konnten das nicht mitansehen. Da es allen so gut ging und sie so reich beschenkt wurden durch die Frau, wollten sie auch ihr helfen. Alle halfen einander und bauten der Schafhirtin ein schönes Haus.

Die Leute vom Dorf fragten sich: «Was ist überhaupt los auf dem Hof? Es ist anfangs ein richtiger Pilgerzug dorthin.» Sie wollten es wissen. Sie stiegen selbst zum Hof hinauf. Sie sahen, wie die Leute aus der Stadt Brot und Kuchen kauften.

Auch sie wollten jetzt Brot und Kuchen haben und kauften davon. Wie die Stadtleute wurden auch sie gesünder und glücklicher. Aber so glücklich, ausgeglichen und gesund wie die Stadtmenschen wurden sie nicht. Sie hatten den ersten Moment der Güte und der Liebe verpasst.

Das Kind mit dem Namen Maiglocke

Es war einmal eine sehr reiche Frau. Ihre Eltern waren schon reich. Der Vater vermachte der Tochter fast das ganze Vermögen, obwohl er selber noch jung und gesund war.

Bald lernte die Tochter einen Mann kennen. Auch er besass viel Geld und Reichtum. Schon bald heirateten die beiden, und es gab ein riesig grosses Fest. Der Mann liebte seine junge Braut abgöttisch und über alles. Die Braut genoss es.

Nach einem Jahr bekam die junge Frau eine Tochter. Die Mutter wusste einfach nicht, welchen Namen sie ihrer Tochter geben wollte. Alle Vorschläge vom Vater lehnte sie ab. Plötzlich sagte die Mutter: «Das ist unsere Maiglocke. Das Kind ist schliesslich auch im Mai geboren.»

Die Tochter bekam ein goldgelbes Kleid und schwarze Lederstiefel. Das Kleid passte dem Kind sehr gut und stand ihm auch gut. Das Kind mit den langen schwarzen Haaren, dem goldgelben Kleid und den schwarzen Stiefeln sah wirklich aus wie eine Glocke.

Maiglocke wurde grösser. Bald spürte das Kind, dass es keinen rechten Namen hatte. Es konnte sich selbst keinen anderen Namen geben. Sein Vater tat auch nichts dazu. Er tolerierte alles, was die Mutter tat und sagte.

Maiglocke war sehr viel allein. Sie baute sich eine eigene Welt auf und studierte viel. Alle anderen Leute sagten ihr «Maiglöckchen». Das tönte etwas feiner und wärmer.

Eine Glocke muss doch klingen, dachte Maiglocke. Sie hatte keine Glocke und wollte auch keine. Obwohl das Maiglockenkind noch sehr jung war, konnte es schon recht gut denken und überlegen, fast so wie Erwachsene. Es wollte aus der Situation das Beste herausholen.

Ich will meiner Mutter zeigen, wie wertvoll ich bin. Die Mutter liebt mich nicht. Sie hat keine Gefühle für mich. Sie verstösst mich. Der Vater duldet einfach alles. Das tut so weh, klagte das Maiglöckchen sich selber. Oft musste es weinen. *Ich suche einfach einen Weg für mich*, überlegte Maiglöckchen.

Eines Tages ging Maiglöckchen in den Wald und übte Töne. Es versuchte alle Töne von sich zu geben, von den tiefsten bis zu den höchsten und in allen Tonarten, obwohl es nichts von Tonarten und Musik verstand. Es versuchte die Kirchenglocken, die Kuhglocken, das Zwitschern der Vögeln, das Rauschen vom Wind, einfach jedes Geräusch nachzuahmen. Seine Stimme wurde von Tag zu Tag besser. Es versuchte Lieder zu singen vom Wald, von den Vögeln und der Liebe. Als Maiglöckchen ein paar Lieder gut beherrschte, ging es ins Dorf. Es setzte sich auf den Dorfbrunnen und fing an zu singen.

Sein Singen wirkte magisch. Die Leute hörten den schönen Klang und gingen ihm nach. Bald war der ganze Dorfplatz umgeben von vielen Leuten. Sie freuten sich riesig über die schönen Lieder und den wunderbaren Klang. Dauernd wurde ein neues Lied gewünscht, dann wieder der Glockenklang und das Vogelgezwitscher.

Die Leute staunten über das Kind. «Wo hat Maiglöckchen das gelernt?» Die Freude war sehr gross. Maiglöckchen bekam viel Trinkgeld.

Als es langsam dunkelte, verzogen sich die Leute. Auch Maiglöckchen musste nach Hause gehen. Es versteckte das Geld tief im Schrankboden. *Ich weiss ja nicht, wie es sein wird, wenn ich grösser werde. Vielleicht bin ich einmal froh um das Geld*, überlegte Maiglöckchen klug.

Maiglöckchens Eltern wussten von allem nichts. Schon einige Wochen sang das Mädchen jeden Tag beim Dorfbrunnen. Die Leute kamen immer und wollten das Singen hören. Sie bekamen fast nicht genug davon. Der Gesang tat den Leuten wohl, und sie wurden so ruhig und ausgeglichen.

Einmal fragten die Leute das Kind: «Wo hast du das schöne Singen gelernt?»

Maiglöckchen antwortete ganz schlicht: «Im Wald.»

Die Leute glaubten es nicht. Am nächsten Tag gingen einige von den Dorfleuten zu den Eltern von Maiglöckchen. Sie klopften an die schön geschnitzte Haustür. Maiglöckchens Mutter kam heraus und war sehr erstaunt. Sie hatte keine Ahnung, was die Leute wollten.

Sie kommen sicher wegen mir, dachte sie. «Was habt ihr Gutes zu sagen oder zu bringen?», fragte die Mutter erstaunt.

Auch der Vater kam aus dem Haus auf den Vorplatz. «Was gibt es Neues?» fragte er.

«Eure Tochter kann so wunderschön singen. Wir möchten gerne wissen, wo sie es gelernt hat», fragten die Leute voll Begeisterung.

«Unsere Tochter kann doch nicht singen», sagte die Mutter energisch.

«Doch, doch, sie kann wunderschön singen», riefen die Leute. «Wo ist eure Tochter?»

«Sie wird in der Stube sein», meinte die Mutter.

«Ich geh schnell schauen», sagte der Vater und eilte ins Haus. Bald erschien er wieder mit seiner Tochter.

Die Dorfleute jubelten, als sie Maiglöckchen sahen.

Seine Mutter wurde eifersüchtig auf ihre Tochter. *Warum jubeln sie jetzt ihr zu. Ich verdiene es doch.* «Maiglocke, du kannst scheinbar singen. So sing jetzt!», kam es hart und energisch aus Mutters Mund.

Maiglöckchen war so verlegen und spürte Mutters Wut. Es brachte keinen Ton heraus.

«So, sing jetzt!», schrie die Mutter noch einmal.

Maiglöckchen konnte nicht. Die Tränen liefen ihm über die Wangen.

Die Mutter gab ihm eine Ohrfeige und sagte: «So beschämst du uns.»

Da drängte sich ein vierjähriger Knabe durch die Leute und ging auf Maiglöckchen zu. Er nahm seine Hand und ging mit Maiglöckchen ins Dorf. Sie setzten sich auf den Dorfbrunnen. Als sich Maiglöckchen wieder gefasst hatte, wischte es seine Tränen ab. Die ersten Töne kamen aus seinem Mund und seinem Herzen. Es war ein Lied von Liebe und Schmerz.

Auch die anderen Leute kamen wieder zum Brunnen. Selbst viele von ihnen mussten weinen. Das Maiglöckchen tat allen leid. Sie gaben ihm Kuchen und viel Trinkgeld. Eine Frau gab Maiglöckchen ein Halstuch, eine andere Taschentücher. Als es dunkelte, ging das Kind nach Hause und versteckte alles im Schrank.

Ein paar Tage später sagte die Mutter zu Maiglocke: «Du kannst fortgehen! Ich will dich nicht mehr haben.»

Maiglöckchen packte alles, was es hatte, zusammen und ging ins Dorf. Es ging wieder zum Dorfbrunnen und stellte die schwere Tasche neben seinen Füssen auf den Boden. Es sang, und dabei wartete es insgeheim auf den Buben. *Vielleicht kann ich diese Nacht bei ihm bleiben*, dachte es. Der Bub war aber nirgends zu sehen. Vielleicht kam er gar nicht an diesem Abend. Langsam gingen die Leute nach Hause. Zuletzt sass Maiglöckchen allein auf dem Dorfbrunnen. Auch es verliess das Dorf und ging in den Wald. Tief im Wald war eine Hütte. Dort war Maiglöckchen schon oft gewesen. Jetzt wollte es auch wieder dorthin gehen.

Bis es zur Hütte kam, war es stockfinster. Maiglöckchen öffnete die Tür und ging in die Hütte. Zum Glück kannte sich das Kind in der Hütte aus. So fand es die Bank, den Tisch und den Stuhl. Maiglöckchen war todmüde. Es legte sich auf die Bank, und die Tasche stellte es unter die Bank. Es war sehr traurig, wischte aber die Tränen ab und schlief bald ein und schlief die ganze Nacht durch.

Morgens um vier Uhr fingen die Vögel an zu zwitschern. Dabei erwachte Maiglöckchen und musste überlegen, wo es überhaupt war. Da wurde ihm so richtig bewusst, dass es ja ganz allein war und auf sich gestellt. Trotzdem genoss es das herrliche Vogelgezwitscher. Als es heller wurde, ging Maiglöckchen an den Bach und wusch sich. Anschliessend ass es vom Kuchen, der ihm geschenkt worden war. Dabei überlegte es, wohin es jetzt gehen sollte.

Ein Jäger spazierte mit seinem Hund. Der Hund roch die Spur von Maiglöckchen sowie auch das Kind. Er bellte vor der Hütte. Alles Rufen seines Meisters nützte nichts. Der Jäger schaute, was der Hund zu bellen hatte. Er erschrak richtig, als er das drei-, vierjährige Kind allein in der Hütte sah.

«Was machst denn du da», fragte er verblüfft und erstaunt. «Bist du ganz allein hier?»

Ganz leise sagte das Kind: «Ja.»

«Wo sind denn deine Eltern?»

«Sie wohnen ausserhalb vom Dorf. Aber ich darf nicht mehr nach Hause gehen. Meine Mutter will mich nicht mehr.»

«Was, deine Mutter will dich nicht mehr? Was ist denn passiert?», fragte der Jäger erstaunt und dachte: *So ein kleines Kind kann doch nicht böse sein oder sich so übel benehmen.* «Wie heisst du denn?» frage der Jäger weiter.

«Maiglocke», sagte das Kind zaghaft, «aber die Leute sagen mir alle Maiglöckchen. Das höre ich lieber.»

«Möchtest du mit mir nach Hause kommen? Meine Frau hätte wahrscheinlich grosse Freude.»

Maiglöckchen zögerte ein wenig, ging dann aber mit dem Jäger.

Als sie nach Hause kamen, gab es zuerst ein richtiges Frühstück. Dann zeigte die Frau vom Jäger dem Kind das Haus und sein Zimmer. Anschliessend gingen sie vor das Haus. Dort gab es einen grossen Platz mit Bäumen und vielen Blumen und

Rosen. Daneben war ein grosser Gemüsegarten angepflanzt. Alles war eine Augenweide, eine richtige Pracht. Maiglöckchen fühlte sich sofort Zuhause.

Die Frau verzog sich wieder ins Haus. Da ging es nicht lange, und Maiglöckchen fing zu singen an. Der Jäger und seine Frau kamen aus dem Haus und setzten sich auf die Bank. Sie wurden richtig hypnotisiert von dem schönen Singen und dem herrlichen Klang.

«Wo hat das kleine Mädchen das wohl gelernt», fragten sich die beiden. Es war für sie sonderbar, dass so ein kleines Kind von der Mutter weggeschickt worden war, von der eigenen Mutter. Sie liebten das Kind und wollten es gerne behalten, da sie selber keine Kinder hatten. Jeden Tag wurden sie verwöhnt mit dem schönen Singen, dem Nachahmen der Kuhglocken, der Kirchenglocken, des Vogelgezwitschers und all der vielen Töne der Natur.

Einige Wochen später fragten sie Maiglöckchen, ob sie seine Pflegeeltern sein dürften, bis es wieder nach Hause zurück finden würde. Maiglöckchen war sofort einverstanden. Darauf schenkten ihm die Pflegeeltern eine Gitarre. Aber das Kind konnte nicht so gut umgehen mit der Gitarre. Die Pflegeeltern spürten es. Sie versuchten es mit einer kleinen Flöte. Mit der Flöte brachte Maiglöckchen schnell wunderbare Töne heraus. Aber das Singen war dem Kind das Liebste. Es musste seine Liebe und Dankbarkeit und alles, was in seinem Herzen vor sich ging, in Worten ausdrücken können.

Die Tage vergingen wie im Flug, einer nach dem anderen. Die Pflegemutter nähte für Maiglöckchen ein neues Kleid. Im neuen Kleid sah Maiglöckchen wunderschön aus. Es stand ihm besser als das andere Kleid.

Der erste Schultag rückte heran. Da traf Maiglöckchen den Bub, der seine Hand genommen und mit ihm zum Dorfbrunnen gegangen war. Jetzt gingen sie gemeinsam in die erste

Klasse. Der Bub lebte ein Dorf weiter entfernt, als Maiglöckchen vorher zuhause gewesen war. Von nun an sang Maiglöckchen in diesem Dorf. Der Bub, der Markus hiess, blieb immer bei ihm, bis beide nach Hause gehen mussten. Auch in diesem Dorf kamen viele Leute und wollten das schöne Singen hören.

In Maiglöckchens Dorf gingen die Leute oft zu den Eltern von Maiglöckchen. Sie fragten die Mutter: «Wo ist Maiglöckchen?»

Die Mutter sagte einmal, es sei im Spital, ein anderes Mal, es sei zur Erholung in den Bergen und dann wieder, es sei bei Verwandten. Immer etwas anderes. Die Leute glaubten nicht mehr an die Aussagen von Maiglöckchens Mutter. Darum gingen sie nur noch selten auf Besuch und liessen sich nicht mehr auf Gespräche ein.

Auch im Zuhause am neuen Wohnort sprach es sich schnell herum, wie schön Maiglöckchen singen konnte. Die Leute erzählten es auch im anderen Dorf. Dort sagten sie: «Das ist sicher Maiglöckchen.»

Sie zogen schnell ins Nachbardorf und waren riesig erstaunt und erfreut, als sie das Kind wiedersahen. Auch Maiglöckchen freute sich riesig. Mit einem Lied brachte es diese Freude zum Ausdruck. Es hätte am liebsten alle umarmt. Es vermochte seine Liebe zu den Dorfleuten nicht genug auszudrücken.

Die Schulzeit verflog nur so. In all den Jahren war Maiglöckchen bei den Pflegeeltern richtig zuhause. Die Freundschaft mit Markus wurde immer grösser. Nach der Schulzeit wollte Maiglöckchen überall, wo gerade Not war, helfen. Dazwischen half es seinen Pflegeeltern. Überall, wo Maiglöckchen hinkam, sang es. Es munterte die Menschen auf und schenkte ihnen Trost und Kraft. Maiglöckchen war bei allen willkommen, und es fühlte sich so glücklich.

Maiglöckchens Mutter ging es nicht so gut. Sie bekam auf einmal Heimweh nach ihrer Tochter. Sie fühlte sich sehr einsam, denn sie hatte keinen Besuch mehr. Ihre Tochter würde ihr sicher etwas helfen können, dachte sie.

Maiglöckchen wurde zwanzig Jahre alt. Sie und Markus wollten heiraten. In beiden Dörfern wussten schon alle davon. Die Dorfleute hatten ihre Pläne zur Überraschung. Auch Maiglöckchen hatte einen Plan. Es wollte nicht ohne seine Eltern heiraten. *Die Eltern haben mir schliesslich das Leben geschenkt,* dachte es. *Fehler machen wir alle. Nur die Liebe kann Wunden heilen. Ich will meine Eltern überraschen mit meinem schönen Hochzeitskleid, Markus an der Hand und meinem Singen vor dem Haus. Somit will ich die Eltern einladen zu meiner Hochzeit.*

Die Eltern konnten es fast nicht glauben. Sie eilten aus dem Haus und umarmten ihre Tochter sowie den Bräutigam. Tränen der Freude liefen allen über die Wangen. Maiglöckchens Mutter konnte sich fast nicht mehr erholen vor Freude. Von nun an durften die Tochter und ihr Bräutigam bei ihnen zu Hause bleiben. Aber zuerst wurde Hochzeit gefeiert. Friede kehrte ein in alle Herzen für immer. Maiglöckchens Mutter war geheilt.

Die Pflegeeltern von Maiglöckchen waren traurig. Aber sie wussten vom Loslassen. Das Glück muss weiterleben können. Das Festhalten und An-sich-Binden bringt für beide Seiten nur Unglück.

Aber Maiglöckchen ging, wann immer es konnte, zu seinen Pflegeeltern. Die Verbindung blieb für immer, so auch die gegenseitige Dankbarkeit.

Die drei Lausbuben mit dem bösen Stock

In einem riesig grossen, tiefen Wald lebte einst ein alter Mann. Er war Einsiedler und betete viel und sah auch viel. Er war in Vielem ein Hellseher. Er erkannte sofort, was die Menschen dachten oder vorhatten. Vor allem ob die Absicht der Menschen gut oder böse war, konnte er sofort erkennen.

Ausserhalb vom Wald war ein kleines Dorf. In diesem Dorf lebte eine sehr arme Familie in einer Hütte. Der älteste Bub ging anfangs zur Schule. Der kleinere Bruder war drei Jahre alt. Ihr Vater half bei den Bauern auf dem Feld und im Stall. Der Vater musste am Morgen sehr früh weg und am Abend kam er erst spät nach Hause. Er wurde bei den Bauern nur ausgenützt für ein kleines Trinkgeld. Ab und zu brachte der Vater ein Stück Fleisch oder Würste nach Hause, wenn gerade ein Tier geschlachtet wurde. Aber das Geld reichte nirgends hin.

Die Mutter hatte einen grossen Gemüsegarten. Etwas Gemüse konnte sie verkaufen. Das andere brauchte sie für die Familie. Die Mutter ging noch drei Stunden im Tag in die Fabrik. Aber auch das brachte nur wenig Geld.

Der älteste Bub, Jonas, spürte die Armut. Er half der Mutter, so viel er konnte. Er lernte auch fleissig für die Schule.

Eines Tages ging der Einsiedler ins Dorf. Er musste viel einkaufen. Er glaubte, dass schon bald der Winter einbrechen würde. All die vielen Sachen wurden schwer zum Tragen. Auf dem Heimweg setzte die Last dem Einsiedler zu. Er vermochte fast nicht zu gehen.

Jonas begegnete dem Mann und spürte, wie er fast zusammenbrach unter der schweren Last. Jonas fragte: «Darf ich Ihnen etwas abnehmen? Ich helfe Ihnen, der Weg in den Wald ist noch weit.» Schon hatte Jonas zwei Taschen in der Hand, bevor es der Einsiedler so richtig wahrnahm.

Gemeinsam gingen sie den Weg ohne viele Worte. Plötzlich sagte der Einsiedler: «Wie ich sehe, bist du ein sehr fleissiger Bub. Suche im Wald etwas Holz zusammen und bring es deiner Mutter. Sie wird es brauchen im Winter!»

Als sie endlich bei der Hütte ankamen, sagte der Einsiedler zu Jonas: «Wart noch! Ich muss schnell noch etwas holen» und verschwand in der Hütte. Bald kam er wieder und hielt in seinen Händen ein grosses Schaffell.

«Das hier, Bub, bring deiner Mutter heim. Sie wird das Fell schon bald gut gebrauchen können! Aber jetzt geh schnell nach Hause. Bald wird es Nacht. Hier im Wald wird es stockfinster. Du findest den Weg dann nicht mehr. Ich sage dir, beeile dich! Ein anderes Mal wieder.»

Jonas rannte mit dem Fell davon. Endlich kam er aus dem Wald. Es wurde wirklich Nacht. Vor dem Wald ging ein kalter Wind. Jonas wurde es kalt. Er hüllte sich ins Fell ein. «Ei, ist das schön warm», rief er aus.

In der gleichen Klasse wie Jonas waren auch drei Buben, die waren faul und hatten oft Böses vor. Die Buben, Tom, Max und Karl, wurden auf Jonas eifersüchtig, weil er in der Schule der Beste war und von der Lehrerin geliebt.

Jonas ging wie schon ein paar Mal in den Wald, um Holz zu sammeln, so wie es ihm der Einsiedler aufgetragen hatte. Da kamen plötzlich seine drei Schulkameraden aus einem Gebüsch hervor. Alle hielten einen Stock in der Hand. Der eine Bub sagte: «So jetzt los! Jetzt schlagen wir zu.» Sie schlugen mit ihren Stöcken auf Jonas ein.

Der Einsiedler nahm die Schwingungen sofort war und eilte aus der Hütte. Er hörte das Schreien von Jonas. Er gebot den Stöcken Einhalt und sagte: «Jetzt gilt es für euch!» Der Einsiedler rief: «Wenden.»

Sofort schlugen die Stöcke auf die Buben selbst ein. Jonas konnte in dieser Zeit davonrennen und somit fliehen. Als er weit genug fort war, gebot der Einsiedler den Stöcken wieder Einhalt. Die Bösewichte gingen beschämt und verärgert nach Hause.

«Vielleicht war der Einsiedler schuld», glaubte Max und äusserte sich mit seiner Meinung Tom und Karl mit.

«Dem wollen wir es zeigen!», prahlte Karl wichtig.

«Also, gehen wir morgen wieder in den Wald. Wir warten einfach vor seiner Hütte. Sobald der Einsiedler herauskommt, schlagen wir zu. Dem wollen wir es zeigen.»

Die Buben hielten ihre Abmachung ein. Sie mussten nicht lange vor der Hütte warten, da kam der Einsiedler schon heraus. Er wusste sofort, was die Buben im Sinn hatten.

Karl sagte wichtig: «So los!»

Alle wollten mit ihren Stöcken auf den Einsiedler schlagen. Im gleichen Augenblick aber gebot der Einsiedler den Stöcken Einhalt und sagte leise: «Wenden!» Die Buben verprügelten sich selbst wieder mit ihren Stöcken. Sie warfen sich auf den Boden und schrien um Hilfe.

Der Einsiedler ging wieder in seine Hütte und befahl den Stöcken Einhalt. Die verprügelten Buben verschwanden, so schnell sie konnten. Sie waren aber sehr wütend.

Ein paar Tage später war ein Mann mit seiner Pferdekutsche in der Nähe vom Dorf. Er musste bei einem Bauer etwas besorgen. In dieser Zeit liess er sein Pferd mit der Kutsche draussen stehen. Das Pferd war sich das gewohnt.

Da kamen die drei Lausbuben vorbei. Der eine sagte: «So, jetzt schlagen wir auf das Pferd ein.»

Alle miteinander schlugen auf das Pferd. Das Pferd nahm einen Satz und trabte, so schnell es konnte, samt Kutsche davon. Im Dorf war gerade der Einsiedler und hörte die Hufe auf dem Boden aufschlagen. Sofort ging er dem Ton nach. Bald kam ihm das Pferd entgegen. Er konnte das Tier gerade noch aufhalten, bevor ein Unfall passierte. Der Einsiedler beruhigte und tätschelte das Pferd. Er gab ihm etwas Zucker.

In der Zeit schlugen die Stöcke auf die Buben ein. Der Einsiedler befahl den Stöcken wieder Einhalt. Er nahm das Pferd am Kopfhalfter und ging mit ihm zu seinem Meister zurück. In der Zwischenzeit gab es einen riesigen Schauplatz. Die Leute im Dorf hörten das Geschrei und Gejammer. Sie stürmten aus ihren Häusern und gingen auf die Strasse. Sie wollten wissen, was los war.

Die Lausbuben waren geheilt für immer. Der Einsiedler sagte zu den Buben: «Was wir anderen tun, kommt zurück, sei es gut oder böse.»

Die Buben entwickelten sich zu richtigen Jungs. Sie wurden fleissig, lernten viel für die Schule und bekamen frohe Gesichter. Ihre Wut und Bosheit verschwanden für immer. Max, Tom und Karl versteckten die Stöcke in ihren Zimmern. Die Stöcke dienten ihnen nun zum Schutz. Jeder wusste, was passierte, wenn sie Unrecht taten.

Im Dorf brach plötzlich der Winter ein, viel früher als sonst. Es wurde auch sehr kalt. Die Mutter von Jonas bekam ein Baby, ein Töchterlein. Sie wickelte das Baby ins Schaffell. So hatte das Kind schön warm. Jonas half seiner Mutter beim Feuermachen mit dem Holz, das er heimgetragen hatte.

Der Einsiedler spürte, dass im Dorf viel Ungereimtes war, Böses, das die Leute tun wollten. Da wollte ein junger Mann auch in ein Haus einbrechen. Der Einsiedler verhinderte dies. Der Einbrecher war schon auf dem Fenstersims. Da knarrte die Türe, wahrscheinlich durch einen Windstoss. Der Einbrecher erschrak derart vom Geräusch und wollte rückwärts gehen. Dabei glitt er aus und stürzte auf den Boden. Mit einem Beinbruch blieb er liegen, bis jemand vorbeikam und ihm half.

Jemand wollte aus einem Stall ein Pferd stehlen. Auch das nahm der Einsiedler wahr. Er machte sich schnell auf an den Ort. Der Dieb hatte das Pferd schon losgebunden. Er wollte gerade mit dem Pferd aus dem Stall gehen. Dabei glitt er aus.

Das Pferd ging ihm davon. Der Einsiedler konnte das Pferd aufhalten. Er hielt es fest, bis sein Herr kam, was nicht mehr lange dauerte.

Der Pferdehalter war sehr verblüfft und fragte: «Was soll das?»

Der Einsiedler erklärte: «Ich wollte das Pferd nur retten vor dem Dieb. Der Dieb liegt noch im Stall auf dem Boden. Aber tun Sie ihm nichts an! Er hat seine Lehre.» So handelte der Einsiedler von da an noch öfters.

Die Leute im Dorf hatten den Einsiedler bis jetzt immer belächelt und gesagt, er sei ein Spinner. Aber jetzt bekamen sie auf einmal viel Respekt vor ihm. Sie fingen an den Einsiedler zu schätzen. Viel Böses wurde nicht mehr getan, obwohl es schon geplant war. *Wir schaden und beschämen uns nur selber,* dachten die, die Böses hatten tun wollen.

Es kehrte wieder der Dorffriede ein. Jonas Vater bekam jetzt auch mehr Geld für seine strenge Arbeit und hin und wieder auch frei an einem Sonntag. Jonas konnte seine kleine Schwester schon wickeln und ihr den Schoppen geben. Er war eine grosse, zuverlässige Stütze für die Mutter. Irgendwie bekam Jonas auch eine grosse, innere Kraft. Er glaubte, der Einsiedler helfe ihm.

Der Einsiedler fing auch an, viele Leute im Dorf zu heilen. Das ganze Dorf und seine Umgebung nahmen eine viel liebevollere Gestalt an. Es gab überall schöne Blumen. Selbst die Schmetterlinge und die Vögel freuten sich. Die Leute wurden liebevoller und halfen einander.

Abschied vom Schneemann

Es war einmal ein kleines Mädchen. Es freute sich riesig über den Winter. Besonders Freude hatte es am Schneemann, den es mit viel Begeisterung gemacht hatte. Seine Mutter hatte dem Kind dabei ein wenig geholfen. Sehr neugierig schaute es immer wieder aus dem Fenster, ob der Schneemann noch da war.

Einmal gab es in der Nacht starken Regen. Der Schneemann fiel in sich zusammen. Es wurde auch viel wärmer. Als das Kind, Sonja, am Morgen aufwachte, schaute es zuallererst aus dem Fenster. Es erschrak so sehr, als es den Schneemann nur noch als Schneeklumpen sah. Sonja wurde sehr traurig und weinte herzzerbrechend. Es eilte zur Mami. Mami machte sich Sorgen um ihr Kind.

«Sonja, was ist passiert?», fragte die Mami.

«Der Schneemann ist nur noch ein Haufen Schnee», stotterte Sonja jämmerlich.

Mami tröstete ihr Kind. Aber Sonja war im Moment untröstlich. Eine Welt war in ihr zusammengebrochen.

Sie eilte hinaus zum Schneemann, der ganz in sich zusammen gefallen war und nur noch ein Schneeklumpen, ein Häuflein Schnee darstellte. Die Rübe und der Hut lagen dem Schneemann zu Füssen. Den Besen hatte es umgeworfen.

Wo sind die Knöpfe?, überlegte Sonja. «Schneemann, warum bist du nicht mehr da? Warum hast du mich verlassen? Ich hatte so viel Freude an dir und hatte dich so lieb. Mit meiner ganzen Liebe habe ich dich hergezaubert und gross gemacht. Ich bin so traurig, dass ich dich nicht mehr habe», sagte sie.

Der Schneemannrest bekam Mitleid mit dem Mädchen und sagte zu ihm: «Sonja, es tut mir alles so leid, aber ich musste gehen. Ich konnte dir nicht einmal adieu sagen. So ist mein Leben. Manchmal ganz kurz. Aber schau, Sonja, in zwei Tagen gibt es wieder viel Schnee. Dann werde ich wieder bereit sein, um mit dir zu reden und zu spielen. Dann kannst du wieder einen Schneemann machen! Deine Mutter ist bestimmt bereit, dich zu unterstützen.»

Getröstet ging Sonja ins Haus und ass Frühstück. «In zwei Tagen wird es wieder Schnee geben», teilte es Mama freudig mit.

Wirklich, nach zwei Tagen schneite es unaufhörlich. Am anderen Tag fing Sonja wieder an, den Schneemann zu formen. Auch Mami half wieder. Der Schneemann machte mit dem Mädchen Purzelbäume und durfte mit ihm auf dem Schlitten fahren. Aber mit all den Strapazen fiel immer wieder etwas ab vom Schneemann.

Als der Schneemann nur noch ganz klein war, sagte er zu Sonja: «Schau, ich werde bald wieder gehen müssen und von dir Abschied nehmen. Mein Leben ist immer nur kurz. Aber diesmal habe ich doppelt gelebt. Es war so schön mit dir zusammen. Die Purzelbäume waren einmalig. Bitte, sei mir nicht traurig!

Bitte, hol ein schönes Blatt Papier, Farbstifte und eine feste Unterlage! So kannst du mich zeichnen und schön ausmalen. Somit hast du immer ein Bild von mir. Es wird dir unvergesslich bleiben. Du kannst auch etwas schreiben dazu. Aber dazu bist du noch zu klein. Mama wird für dich schreiben. Du musst ihr nur sagen, was sie schreiben soll! Sonja, du darfst nicht traurig sein! Im nächsten Winter komme ich wieder zu dir. Es war so schön mit dir. Von Herzen danke ich dir. Auch wenn das Leben kurz ist, soll es schön, erfüllt und ein glückliches Leben sein. Niemand weiss, wie lang sein Leben sein wird. Darum mache aus jedem Tag das Allerbeste, liebe und sei glücklich!

Tschau, mein Liebes.»